Eveline Schulze **Mord in der Waschküche**

Eveline Schulze

# Mord in der Waschküche

und zwei weitere Fälle

Bild und Heimat

Von Eveline Schulze liegt bei Bild und Heimat außerdem vor:
*Mord in der Backstube* (Blutiger Osten, 2016)

ISBN 978-3-95958-084-7

1. Auflage dieser Sonderausgabe

Umschlaggestaltung: capa
Umschlagabbildung: Chris Keller / bobsairport
Druck und Bindung: GGP Media GmbH, Pößneck

SUPERillu

FSC
www.fsc.org
MIX
Papier aus verantwortungsvollen Quellen
FSC® C014496

In Kooperation mit der SUPERillu
*www.superillu-shop.de*

# Inhalt

## Die Schlinge

Was für eine Hinterfront! So etwas hatte er noch nie gesehen. Jedenfalls nicht bewusst. Diese beiden Halbkugeln über den wohlgeformten Beinen, glatt und straff und kein Gramm zu viel. Eine Augenweide. Sein Blick wandert darüber, als habe er das achte Weltwunder vor sich. Das überirdische, also kosmische Gesäß wächst harmonisch in eine schmale Taille hinüber … Mein Gott, wie kann die Natur nur so etwas Wunderbares schaffen, so verschwenderisch sein? Es ist Verschwendung, wenn sie auf jeglichen Makel verzichtet und auf die Maße achtet wie ein Apotheker auf die Striche an seiner Waage. Natürlich, das weiß auch Dietmar, die Liebe taucht alles in freundliches Licht, sie retuschiert und macht selbst eine Hässliche zur Schönheitskönigin. Würde sonst jede Frau einen Mann finden und umgekehrt? Sicherlich gilt das geflügelte Wort über Menschen, die so schrecklich aussehen, dass sie nur von ihrer Mutter geliebt werden können, womit gesagt ist, dass die Zuneigung einzig auf die Blutsverwandtschaft gründet. Aber bei Regina ist dieser Gedanke gänzlich absurd. Sie ist ein Traum von einer Frau. Da stimmt alles.

Sie kichert. Schwenkt elegant die Hinterfront und wiegt sich elegant in den Hüften. Nicht vulgär einladend oder gar aufdringlich. Dezent minimalistisch, gekonnt eben. So entschwindet sie in die Küche.

»Willst du einen Schluck Weißwein?«, kommt es von dort.

Dietmar kratzt sich am Gemächt und nickt.

»Was hast du gesagt? Ich habe dich nicht verstanden?«

»Ja«, sagt er, »einen Schluck nehme ich.«

»Für einen Schluck mache ich die Flasche nicht auf«, kommt es zurück. Und ein Lachen perlt hinterdrein.

Es ploppt vernehmlich ein Korken aus der Flasche, dann

klirren Gläser und wenig später schwebt die Göttin durch den Türrahmen. Selbstbewusst, wie solche Wesen nun mal sind, die Brüste straff vorweg. Regina stellt die Gläser auf den Beistelltisch und mustert aus den Augenwinkeln unauffällig den im Sessel lümmelnden Mann. Der merkt nicht, dass ihr Interesse ausschließlich der Wölbung in seiner Unterhose gilt. Da hat sich was geregt, registriert sie mit Genugtuung. Regina füllt die Gläser und reicht ihm eines.

»Worauf trinken wir?« Er stößt lässig sein Glas gegen das ihre.

*Pfff*, macht sie und lässt die Luft zwischen den Lippen vernehmlich entweichen. »Auf unsere Liebe?«

»Ich trinke doch auch nicht darauf, dass es morgens hell wird, wenn die Sonne aufgeht. Das ist doch selbstverständlich.« Dietmar nippt am Wein.

»Gut, dann trinken wir darauf, dass es endlich mit deiner Qualifikation auf Arbeit klappt und du anschließend nach Dresden oder an einen anderen, größeren zoologischen Garten versetzt wirst.«

»Warum?« Er setzt abrupt das Glas ab. »Mir gefällt doch die Arbeit in Görlitz. Das ist doch ein schöner Zoo, den in den 1950er Jahren die Leute im NAW geschaffen haben.«

»Ja, ich weiß«, winkt Regina sichtlich genervt ab. »Meine Eltern haben damals auch im Nationalen Aufbauwerk an der Zittauer Straße geschaufelt. – Das ist doch alles schön und gut. Aber findest du nicht, dass wir mal andere Luft schnuppern sollten? Immer nur Görlitz: Das ist doch auf Dauer langweilig. Ich will hier nicht begraben werden.«

Dietmars Gesichtszüge changieren von freundlich-heiter hinüber zu leicht verärgert. Die Augenbrauen richten sich steil auf, die Mundwinkel ziehen leicht nach unten. »Mir gefällt es in Görlitz.« Die Feststellung ist ein einziges Ausrufezeichen und bedarf keiner Erklärung.

Regina lässt sich in den anderen Sessel fallen. »Mir gefällt Görlitz doch auch. Aber so lange wir noch jung und neugierig sind, sollten wir uns ein wenig in der Welt umschauen. Zurückkehren kann man doch immer.« Sie nimmt einen großen Schluck.

»Was für eine Welt? Die ist doch schon am Harz zu Ende.«

»Nee, erst in Wladiwostok, wenn du das meinst. Aber ich will ja nicht nach Swerdlowsk oder Sofia, sondern rede von der DDR. Über hunderttausend Quadratkilometer ist doch auch kein Scheiß. Oder?«

Dietmar nickt wie abwesend. »Wo willst du denn hin?«

»Das ist doch wurscht. Hauptsache weg hier. Krankenhäuser gibt es überall, und Tierparks auch.«

»Warum willst du so plötzlich weg aus Görlitz ...«, sagt Dietmar und stellt das leere Glas zurück auf den Tisch. Regina versteht es als Aufforderung zum Nachschenken, was sie denn auch tut. »Die Stadt hat dir doch sonst immer gefallen?«

Von ihren großen Augen ist nur noch das Weiße zu sehen. Regina hat die Pupillen Richtung Zimmerdecke gedreht.

»Ich habe doch nichts gegen die Stadt. Ich will nur mal etwas anderes sehen, etwas anderes riechen. Tapetenwechsel, verstehst du?« Sie greift zur Flasche und schenkt sich ein.

»Woanders ist es auch nur dasselbe. Du gehst morgens zur Arbeit in dein Krankenhaus, stehst im OP, reichst dem Chirurgen das Skalpell, Tupfer, Schere, abends kommst du nach Hause, bist müde und fertig. Das kannst du hier auch haben.«

»Ja, und deine Rhesusaffen sehen auch überall gleich aus«, antwortet Regina mit leicht ironischem Unterton, in welchem bereits einen Anflug von Hohn mitschwingt. »Mensch, Dietmar, es muss doch noch etwas anderes geben außer Arbeit.«

»Jetzt geht das schon wieder los. Ich kann doch auch nichts dafür, dass ich keinen hochkriege.«

Regina kichert. »Und was ist das da?« Ihr Finger weist auf seine Unterhose. »Das ist doch schon ganz prächtig.«

»Mittelprächtig. Du weißt doch genau, dass er schlappmacht, wenn's ernst wird.«

»Das wollen wir doch mal sehen …«

Wenig später liegen beide nebeneinander auf dem Sofa. Der Atem geht kurz, die Wogen des Unmuts schlagen hoch. »Ich habe es dir doch gleich gesagt: Es geht nicht!«

Regina streicht schweigend über seine Brust. Dann sagt sie nach einer langen Pause, was ihr schon lange im Kopf herumgeistert. »Sollten wir nicht doch mal zum Arzt gehen?«

»Wieso wir? Du kannst doch immer. Ich bin der Schlappschwanz, der Versager.«

»Nun hör doch endlich auf mit diesem Selbstmitleid. Ich kann's schon nicht mehr hören.« Regina erhebt sich und greift nach ihren Sachen. »Jedes Mal dieselbe Masche.«

»Und dir fällt auch nichts Besseres ein, als mich zu einem Quacksalber zu schicken. Das ist doch alles Käse.« Auch Dietmar steht auf und schlüpft in seine Jeans. »Ich gehe«, sagt er, nachdem er den Gürtel geschlossen hat.

»Wohin?«

»Nach Hause natürlich.«

»Natürlich. Wieder zur Mama. Mensch, Dietmar, du bist sechsundzwanzig Jahre alt. Wann willst du dich mal abnabeln?«

Trotzig stampft er mit dem Slipper auf den Boden, damit das umgekrempelte Leder sich von allein aufrichtet. »Ich bin abgenabelt. Aber dort habe ich wenigstens meine Ruhe. Da geht mir niemand …«

»… auf den Sack, wolltest du sagen.« Regina feixt, aber ihr Lachen wirkt merklich gequält. »Da hast du gewiss recht.«

Das sei ihm nun wirklich zu blöd, reagiert Dietmar gereizt und trampelt in den Flur. Ein Kreischen folgt ihm. »Wenn du gehst, brauchst du nie wiederzukommen.«

»Ja, tschüss, bis morgen«, brüllt er. Da wummert es von unten gegen die Decke. Beide verstummen und hören ganz deutlich aus der darunterliegenden Wohnung den alten

Cibulke keifen: »Ruhe da oben oder ich hole die Polizei. Das ist ja nicht zum Aushalten!«

Die Blicke von Dietmar und Regina treffen sich. Sie kennen diesen Reflex des Rentner unter ihnen, eines mürrischen alten Wichtigtuers, der, stets aufs Neue angestachelt von seiner Xanthippe, mit dem Besenstil gegen die Stubendecke donnert, wenn es über ihm angeblich zu laut wird. Das passiert jedes Mal, wenn sie sich beharken. So schafft es der Alte ungewollt immer wieder, dass sie sich versöhnen. Sie schauen sich an, lachen und küssen sich. Auch jetzt wieder. »Siehst du, mein Lieber, auch darum will ich von hier weg«, sagt sie.

»Wir können uns ja eine andere Wohnung in der Stadt suchen.«

»Warst du schon mal auf dem Wohnungsamt? Keine Chance.«

»Wir haben bessere Karten, wenn wir verheiratet sind.«

»Und viele Kinder haben ...«

»Immer aufs Schlimme.«

Regina lacht hell auf. »Keine Sorge, das kriegen wir schon in den Griff«, sagt sie, und greift Dietmar in den Schritt.

»Tschüss.«

»Mach's gut.«

Anderentags, im Bezirkskrankenhaus herrscht das übliche geschäftige Treiben, macht sich Regina auf zu Dr. Heyne. Der Neurologe ist ein anerkannter Psychotherapeut und hat auch unter den Mitarbeitern des Hauses einen sehr guten Ruf. Er ist frei von allen Weißkittelallüren, zudem soll er sich noch nie mit einer Schwester eingelassen haben. Das ist in der Tat die Ausnahme, denn es ist gang und gäbe, dass die Ärzte diesbezüglich, nun, wie soll man sagen?, es ein wenig locker nehmen. Regina wusste von ihren Freundinnen, wer es mit wem angeblich schon mal getrieben haben soll, es schien gleichsam eine Art Volkssport zu sein. Allerdings ist sie sich nicht sicher, wie viel Angabe in solchen Erzählungen mitschwingen. Oft ist wohl auch der Wunsch der Urheber der schlüpfrigen Geschichten, sie kennt schließlich ihre postpubertären Pappenheimer.

Vor etlichen Tagen war sie Heyne auf dem Flur begegnet. Dabei schoss ihr spontan die Überlegung durch den Kopf, ihn einmal zu konsultieren. Sie habe da ein Problem, hatte sie gesagt, ob sie mal zu ihm kommen könne. Als Schwester oder als Patient?, hatte der Doktor gefragt, und sie lächelnd geantwortet: weder noch. Selbstverständlich könne sie jederzeit zu ihm kommen, darauf Heyne, um sofort einzuschränken, dass sie aber besser vorher anrufen solle, um sicherzugehen, dass er auch wirklich verfügbar sei und keine Termine oder Verpflichtungen habe. So hielt sie es denn und hatte nun diese Uhrzeit genannt bekommen.

Der am Hinterkopf geknotete Pferdeschwanz wippt kokett, als sie im weißen Schwesternkittel den Gang hinuntereilt. Die meisten ihrer Kolleginnen, so sie denn nicht eine modische Kurzhaarfrisur tragen, laufen so herum. Das verlangt niemand von ihnen, die Uniformierung ist ein Diktat der Nützlichkeit. Erst wenn sie nach getaner Arbeit das Krankenhaus verlassen, wehen die Haare lang und offen. Reginas fallen bis auf die Schultern und sind ein hübsches Accessoire zur tadellosen Figur.

Unten in der Inneren hat Dr. Heyne sein Büro. Sie kennt es nicht. Woher auch. Ihr Arbeitsplatz ist zwei Etagen höher. Es genügt, wenn man weiß, wo welche Abteilung arbeitet und wer was macht. Die Betriebsgewerkschaftsleitung – dem FDGB gehören wohl alle an, nur wenige sind in der Partei – organisiert regelmäßig Feiern und andere Zusammenkünfte, um auf diese Weise das Gefühl der Zusammengehörigkeit zu vermitteln. Da das Krankenhaus kein so wahnsinnig großer Betrieb ist, trägt man damit Eulen nach Athen: Man kennt sich hinlänglich. Und Standesunterschiede gibt es nicht. Die sind im Laufe der Jahrzehnte eingeebnet worden. Regina hat so etwas wie Standesdünkel noch nie erfahren.

Wie im Hause üblich klopft sie an die Zimmertür. Neben dem Türrahmen hängt das Namensschild am Ölsockel, der vermutlich schon seit der Kaiserzeit die Wand ziert. In regelmäßigen Abständen wird er erneuert. Das Datum eins Neuanstrichs scheint ziemlich nahe. Da und dort blättert bereits die Farbe.

Herein, kommt es von innen.

Regina streicht sich die Kittelschürze glatt und tritt ein.

»Ach, Schwester Regina.« Heyne blickt nur kurz von seinen Papieren auf. »Setz dich.« Er weist auf den Stuhl vor seinem Schreibtisch und widmet sich sofort wieder dem Aktenstudium.

»Vielleicht soll ich später …«

»Nein, ich bin gleich fertig. Nimm schon Platz.«

Hinter den Gläsern der dunklen Hornbrille wandern die Augen von links nach rechts. Heyne liest schnell, er überfliegt geradezu die vor ihm liegenden Dokumente. Blatt um Blatt wendet er und legt es beiseite, sobald er es oberflächlich studiert hat. Nach der letzten Seite drückt er den Kuli und versenkt ihn in der Brusttasche seines Hemdes. Dann rafft er den Papierstoß zusammen, lässt ihn einige Male auf Kante fallen, schüttelt ihn dabei und legt ihn schließlich an den Rand des Schreibtisches. Der ist ordentlich aufgeräumt und verrät den Pedanten, der hier arbeitet. Heyne blinzelt dabei über den Rand seiner Brille. »So, erledigt, jetzt habe ich Zeit nur für dich.«

Regina lächelt unsicher. Wie soll sie beginnen, was möchte sie über sich und ihren Freund mitteilen?

»Das bleibt doch unter uns …?«

»Was in diesem Zimmer besprochen wird, verlässt den Raum nicht.«

Regine nickt. Heyne wartet.

So sitzen sie denn schweigend.

»Ich habe einen Freund, den Dietmar«, beginnt sie schließlich nach einer Weile. »Wir sind schon einige Zeit zusammen, seit der Medizinischen Fachschule. Ich war dort im dritten Jahr und schon zur Ausbildung hier im Bezirkskrankenhaus.« Wie zur Bekräftigung nickt sie, der Pferdeschwanz wippt.

Heyne schweigt. Er hört nur zu.

»Wir wollen heiraten. Aber ich habe zunehmend Zweifel, ob das eine gute Idee ist.«

Eigentlich möchte Heyne an dieser Stelle etwas sagen, etwa dass er weder Eheberater noch Seelsorger sei. Doch er hält den Mund und wartet ab. Das scheint ihm alles noch Präludium.

»Er arbeitet als Tierpfleger im Zoo. Betreut dort die indischen Rhesusaffen, mit denen der Tierpark wirbt.« Regina macht eine Pause. »Ich war auch schon bei Arnold Müller, dem Direktor, und habe mit ihm über Dietmar gesprochen.«

»Warum?« Nun wird es Heyne doch ein wenig zu weitschweifig. Er möchte dem Gespräch Struktur und Richtung geben. So hübsch Schwester Regina auch ist: Zeit zu verschenken hat er nicht. Fünfzehn Uhr beginnt die Sprechstunde, bis dahin möchte er das Gespräch abgeschlossen haben.

Reginas Hände sind in Bewegung, sie knetet und reibt sie, als fände sie dort die Worte, nach denen sie sucht. »Arnold Müller, also Dietmars Chef, ist mit ihm sehr zufrieden. Ich habe ihn gefragt, ob er mit seinen Beziehungen nicht für eine Versetzung von Dietmar sorgen könne. Nach Berlin am besten. Dort hatte Professor Dathe erklärt, dass der Görlitzer Zoo der größte und niveauvollste der ganzen DDR sei. Nächst dem Berliner Tierpark natürlich. Da könnte Dietmar also noch etwas lernen.«

Heyne muss grinsen. Auch er kennt den Görlitzer Zoo und war schon wiederholt mit seinen beiden Söhnen dort. Über zweihunderttausend Besucher kommen jedes Jahr, Kinder zahlen zwanzig Pfennig Eintritt, Erwachsene fünfzig. Er hat in der Zeitung von den Nachzuchterfolgen, von der Kooperation mit auswärtigen und sogar ausländischen Zoos gelesen. Und wie man hörte, forscht man im Görlitzer Tierpark im Auftrag von VEB Brühlpelz in Leipzig zum europäischen Feldhamster; offenkundig erwägt man dort, die kleinen Pelztiere wie Nerze oder Bisam zu züchten. Und Heyne wusste von der »Zooschule«, die Direktor Müller eingerichtet hatte: Dort wurden interessierte Schüler in verschiedenen Arbeitsgemeinschaften mit der Tätigkeit im Tierpark vertraut gemacht. Das war nicht nur für die unmittelbare Nachwuchsgewinnung von Belang. Hier konnten künftige Biologen, Veterinäre, Verhaltensforscher und andere Naturwissenschaftler ihre ersten Schritte machen.

»Ich habe mit Müller auch über eine mögliche Qualifizierung von Dietmar gesprochen. Doch er sagte mir, dass er bereits Dietmar entsprechende Angebote gemacht, dieser aber alle ausgeschlagen habe. Er hält ihn für einen guten Tierpfleger … Aber immer nur diese eine Tätigkeit bis zur Rente … Dietmar hat noch vierzig Berufsjahre vor sich. Verstehst du?« Regina knetet unverändert ihre Hände und schüttelt den Kopf. »Nein, das ist doch keine befriedigende Aussicht. Das ist doch wie lebendig begraben, nicht wahr?«

»Schwester Regina, ich bin kein Berufsberater. Was willst du eigentlich von mir?« Heynes Ungeduld ist nicht zu überhören.

»Das sind alles nur Symptome. Dass er sich nicht qualifizieren will, dass er an keinen anderen Tiergarten möchte, dass er seinen verdammten Arsch nicht aus Görlitz wegbewegen will.« Auf einmal bricht es aus ihr raus. Als habe einer die Schleuse gezogen. Ihr in Wochen angestauter Unmut, alle ihre Frustrationen schießen hervor.

»Symptome wofür?«

»Dass er ein Muttersöhnchen ist!« Jetzt ist es raus. »Er klebt an seiner Mutter wie Kittifix. Dietmar kommt nicht los von ihr. Das ist der Grund, weshalb ein Weggang für ihn nicht infrage kommt. Offen gestanden«, Regina holt tief

Luft, »das würde ich eventuell noch verkraften, schließlich liebe ich ihn. Aber ich vermute, dass es deshalb auch im Bett nicht mit uns klappt.«

Heyne erwidert gelassen den Blick von Regina. Ihrer Analyse will er nicht folgen, er fragt nach. Was meine sie damit? *Wolle* ihr Freund nicht, oder *könne* er nicht?

Ach, wollen wolle er schon, sagt sie, nur können könne er nicht, kurz gesagt, er kriegt keinen hoch, und wenn, dann hielte es nicht lange vor.

Heyne schüttelt den Kopf. Es könnten dafür auch andere, etwa organische Störungen die Ursache sein. Nicht jeder Mangel an männlicher Standfestigkeit müsse psychischen Ursprungs sein. »War er schon mal beim Urologen?«

Regina macht eine wegwerfende Handbewegung. Nein, kein Gedanke daran. Jedes Mal, wenn sie darauf zu sprechen käme, würde Dietmar sofort laut und ausfallend werden. Dann würden die Nachbarn sich melden und gegen die Decke wummern und nach der Polizei rufen. Deshalb beschweige sie nach Möglichkeit das Thema und mühe sich auf andere Weise redlich um ihn. Umsonst.

Heyne sagt gelassen, dass er verstehe, was sie meint. Die junge Frau vor ihm sieht nun wirklich blendend aus, ist selbstbewusst und couragiert. Er ist davon überzeugt, dass sie durchaus in der Lage ist, nicht nur ihre Reize einzusetzen, sondern auch sonst Bescheid weiß, was zu tun ist, um einen Mann Mann sein zu lassen.

»Keine Chance?«

»Keine Chance. Ich habe mein ganzes Repertoire durch. Kurz bevor es so weit ist, klappt sein Ding ab wie ein Taschenmesser. Jedes Mal.«

»Und daran, meinst du, sei seine Mutter Schuld?«

»Zumindest glaube ich es.«

»Ödipus …?«

Reginas Pferdeschwanz wedelt hin und her, so heftig ist die Kopfbewegung. Ein wenig kennt sie sich bei Sigmund

Freud aus. Diese Art von Fixierung scheint es jedoch nicht zu sein.

»Erzähl mir doch mal was über die Familie deines Freundes. Was er macht, hast du ja bereits gesagt.«

»Dietmar ist Baujahr 1947, im Mai geboren. Hier in Görlitz. Keine Geschwister, ein Einzelkind. Die Eltern trennten sich, als er zwei Jahre alt war. Was der Vater gemacht hat, weiß ich nicht. Er verschwand einfach aus dem Leben. Im Haushalt gab es noch einen bettlägerigen Großvater, aber der ist irgendwann verstorben. Die Mutter arbeitet im Lohnbüro von der WUMAG, also im VEB Görlitzer Maschinenbau. Dort sollte Dietmar nach ihrem Wunsch eine Lehre als Elektromonteur machen. Was er aber nicht tat. Er wollte von Anfang an Tierpfleger werden. Und dafür hat er sich auch beworben und den Ausbildungsplatz erhalten.«

»Wenn ich dich richtig verstanden habe, hat er sich gegen die Mutter durchgesetzt.«

»Ja, natürlich. Es war und ist ja nicht so, dass er zu allem Ja und Amen sagt, was sie von ihm verlangt. Er hat schon seinen eigenen Kopf. Deshalb verstehe ich nicht, warum er derart an ihr hängt.«

Heyne sinniert. »Und darum ist es unlogisch für mich, dass sein Problem im Bett angeblich mit der Mutter zusammenhängen soll.«

Regina legt die Stirn in Falten und rutscht mit dem Hinterteil auf die Stuhlkante vor. Verschwörerisch neigt sie sich nach vorn und dämpft die Stimme, als säße noch jemand im Raum, der nicht mithören soll. Deshalb vor allem wolle sie doch mit ihm aus Görlitz weg. Bei einer räumlichen Trennung von der Mutter würde man ja sehen, ob es dann im Bett klappe oder nicht. Wenn es dann noch immer die gleichen Probleme mit Dietmar gäbe, würde sie ihn zum Urologen schleppen.

»Aber wenn es dort nicht klappt, kann es auch am Tapetenwechsel liegen«, wirft der Doktor ein. »Eine fremde

Umgebung wirkt sich mitunter negativ aufs Sexualverhalten aus. Männer sind keine Maschinen, die immer und überall funktionieren.« Er lacht.

»Schon möglich.«

»Wie steht übrigens seine Mutter zu dir und zu eurer Beziehung?«

»Neutral bis positiv«, antwortet Regina. »Ich habe den Eindruck, dass sie sich sagt: besser die als eine andere, da habe ich alles unter Kontrolle. Denn die Kontrolle möchte sie schon behalten. Sie kann so wenig loslassen wie ihr Sohn. Die beiden sind wechselseitig aufeinander fixiert.«

Stille hält Einzug. Draußen vorm Fenster keckert eine Elster. Das Vogelgeschrei ist das Einzige, was zu vernehmen ist. Heyne denkt nach, Regina wartet auf eine Antwort, auf die Lösung ihres Problems. Eine Lösung wäre, auch dieser Gedanke kam ihr schon mal, Dietmar den Laufpass zu geben. Es gab genügend andere Männer auf der Welt, sie würde immer einen abbekommen. Aber eine Verbindung gründete ja nicht nur auf Äußerlichkeiten, die vergänglich sind. Sie liebte Dietmar. Allerdings war sie sich nicht sicher, wie tief und fest diese Liebe war. Und gehörte dazu nicht auf Dauer auch sexuelle Erfüllung? So gesehen war der aktuelle Zustand nicht gerade befriedigend. Regina hoffte, dass er nur temporär war, darum führte sie ja auch solche Gespräche mit Dritten. Falls der Zustand jedoch dauerhaft bliebe …? Sie würde doch keinen Krüppel heiraten. Nie und nimmer!

Heyne grübelt auffällig lange. Er weiß sich auch keinen Rat. Vielleicht ist alles doch nicht so dramatisch, wie die junge Frau es empfindet, sagt er sich. Übertriebene Panik. Kann doch mal passieren, dass auch ein junger Mann versagt. Auf seine Frage nämlich, ob beide denn noch nie den Akt vollzogen hätten, hatte die junge Frau ausweichend reagiert. Das wertete er als Indiz, dass Reginas Freund offenkundig doch nicht der Totalversager war, als der er von ihr beschrieben wurde. Vielleicht passten die beiden nur nicht zusammen, zu verschieden ihre Charaktere: sie aktiv, neugierig auf die Welt, voller Elan und mit Lust auf Entdeckung und Abenteuer – er eher passiv, bodenständig, anspruchslos und wenig engagiert. Es soll ja hin und wieder vorkommen, dass, aus welchen Gründen auch immer, sich zwei gänzlich konträre Typen begegnen und aneinander Gefallen finden. Sagt nicht der Volksmund: Gegensätze ziehen sich an? Aber ob das wirklich so ist?

»Ist es dein Erster?« Hin und wieder bleiben Frauen bei ihrem ersten Mann hängen, obgleich er nicht unbedingt der Beste ist. Warum das so ist, vermag auch Heyne nicht zu sagen.

Regina schüttelt den Kopf.

»Erzähl mal etwas von dir.«

Sie schaut irritiert. Dietmar ist doch der Sexualkrüppel, nicht sie. Was soll sie über sich berichten?

Heyne registriert ihren fragenden Blick und lächelt den stummen Protest weg.

»Wir sind eine normale Familie. Zwei Töchter, Klara ist zehn Jahre älter als ich. Wir hatten eine behütete Kindheit. Mit den Großeltern lebten wir unter einem Dach am Rande von Görlitz. Vater war nur selten zu Hause, war Bauleiter und überall in der DDR unterwegs. Als Oma und Opa starben, verkauften wir das Haus. Es war für uns einfach zu groß. Wir zogen zwei Straßen weiter in eine Mietwohnung. Ich zog gleich weiter. Ich war 18 und wollte nicht ins Schwesterninternat, also ließ Mutter ihre Beziehungen spielen. Auf diese Weise bekam ich meine Zweiraumwohnung in der Thälmannstraße. Da lebe ich nun schon seit einigen Jahren. Das ist alles.«

»Ich wollte wissen, ob Dietmar dein Erster war.«

»Nein. Es gab einige.«

»Warst du mit ihnen längere Zeit zusammen?«

Regina verzieht ihr hübsches Gesicht zu einer Grimasse.

I wo, wehrt sie ab. Bis auf Jan hätte sie mit den anderen nur Spaß gehabt, wenn er verstehe, was sie damit meine.

»Wer war oder wer ist Jan?«

»Ein Lehrer. Ist jetzt irgendwo in Afrika, aber augenblicklich auf Besuch in Dresden. Er hat sich gemeldet und mich wissen lassen, er würde sich freuen, wenn wir uns sehen könnten, ehe er wieder abhaue.«

»Und: Wirst du ihn treffen?«

Regina nickt. »Das hat jetzt aber nichts mit Dietmar und unserem Problem zu tun.« Dann holt sie ein wenig aus, wobei der schwärmerische Unterton nicht zu überhören ist.

»Jan war nach einem Autounfall bei uns eingeliefert worden. Wir haben ihn zusammengeflickt, dann lag er mit Arm und Beinen in Gips. Ich war Lehrschwester. Die werden vorrangig zur Körperpflege eingesetzt, insbesondere zur Morgentoilette. Naja, am Anfang fällt es einem schwer. Es ist einfach unangenehm, bei fremden Menschen mit dem Waschlappen etwa im Schritt zu hantieren oder zu schiebern. Das legt sich dann aber mit der Zeit, man bekommt Routine. Ob Mann, ob Frau, egal. Und je älter sie sind, desto unaufgeregter ist es. Nur bei den Männern, die noch nicht ganz jenseits von Gut und Böse oder gesundheitlich hinüber sind, da kann es schon mal passieren …« Sie stockt. »Na, jedenfalls, bei Jan traf beides nicht zu. Es war uns beiden peinlich, als er dabei einen Ständer kriegte. Aber wir haben die Sache weggelacht.«

Regina kichert, als könne sie sich noch an jedes Detail erinnern. »Jan blieb ganze fünf Wochen auf Station. Und da haben wir uns ineinander verknallt. Doch wenig später, als er bereits entlassen war und er mich besuchte, hat er mir gestanden, dass er Auslandskader sei und nach Afrika gehe, nach Äthiopien oder Angola, so genau weiß ich das nicht mehr. Irgendein Land, in welchem wir beim Aufbau des Bildungswesens helfen. Er tröstete mich mit dem Hinweis, dass man dort auch Krankenschwestern brauche. Wenn ich meine Ausbildung beendet habe, solle ich nachkommen. – Dieser Witzbold. Als wenn das bei uns einfach gehen könnte, wenn man wollte.« Sie spitzt mokant ihr hübsches Mündchen.

Heyne grient wissend. »Wenn du dich zwischen Jan und Dietmar entscheiden müsstest, nicht rational, sondern mit dem Herzen: auf wen fiele deine Wahl?«

Regina überlegt nur kurz. »Auf Dietmar.«

»Dann ist doch alles klar. Kämpfe um ihn. Und wenn du ihn partout nicht aus Görlitz wegbekommst, dann schlepp' ihn hier zum Urologen. Ich denke nicht, dass seine Erektionsstörungen psychisch bedingt sind und etwas mit seiner Mutter zu tun haben.«

»Sicher?«

»Natürlich nicht sicher. Ich bin weder Hellseher noch in der Lage, eine Ferndiagnose zu stellen. Dazu müsste ich schon mit deinem Dietmar einmal direkt reden. Soll ich?«

Reginas Hände schnellen nach oben, als fürchte sie einen Schwertstreich. »Um Himmels willen, nein, auf gar keinen Fall. Er darf nicht einmal erfahren, dass wir miteinander über ihn gesprochen haben. Auch Tierparkdirektor Müller habe ich um Stillschweigen gebeten. Wenn Dietmar mitbekommt, dass ich seinetwegen unterwegs bin, dreht er durch.«

»Ist er cholerisch, gar aggressiv? Hat er dich schon mal geschlagen?« Jetzt erwacht in Heyne der Psychiater. Gibt es Indikatoren für eine gestörte Persönlichkeit, Auffälligkeiten und dergleichen?

»Quatsch. Ich glaube nicht, dass Dietmar aufbrausender ist als die meisten Menschen. Und aggressiv schon gar nicht, eher schüchtern. Der kann keiner Fliege was zuleide tun, der schlägt niemanden. Du müsstest den mal mit seinen Tieren im Zoo erleben. Wie liebevoll, nahezu zärtlich er mit seinen indischen Affen umgeht … Nein«, sie schüttelt resolut den Kopf, »er ist ein harmloses Sensibelchen. Vielleicht ist es das …« Regina hält inne, dann spricht sie den Gedanken aus, der ihr dabei durch den Kopf schoss, »warum es bei ihm nicht klappt. Irgendetwas stört oder bedrückt ihn.«

»Krieg's raus, was es ist. Und dann schaff es ab. Ganz einfach.«

Heyne erhebt sich. Für ihn ist das Gespräch zu Ende.

Danke, sagt Regina und geht zur Tür.

»Da nicht für«, antwortet Heyne. »Kannst mich ja bei Gelegenheit informieren, wie es mit euch weitergegangen ist.«

Die Woche neigt sich dem Ende zu. »Was unternehmen wir übermorgen?«, fragt Dietmar, als gebe es zwischen beiden nicht die Spannungen, die ihre Beziehungen in der letzten Zeit so stark belasteten. Er macht auf Normalität, die Streitereien hat es für ihn nicht gegeben. Er war wie immer ins Dachgeschoss gestiegen und hatte sich die Tür von Regina öffnen lassen. Nun stellt er, nachdem er sich in den Sessel hat fallen lassen, diese entwaffnende Frage.

Regina hantiert in der Küche, wohin sie gleich verschwunden ist, nachdem sie ihn eingelassen hat. Sie reagiert nicht auf die Frage, vielleicht hat sie sie auch nicht gehört. Deshalb wiederholt er sie. »Was machen wir am Wochenende, Regina?«

Die erscheint im Türrahmen, in der Hand einen Teller, den sie mit einem Geschirrtuch trockenreibt.

Sie blickt ihn ausdruckslos an, selten, dass er sie so sah. »Was du machen wirst, weiß ich nicht. Ich fahre nach Dresden.«

»Was heißt: ›Ich fahre nach Dresden‹?«

»Das genau heißt es: *Ich* fahre nach Dresden.« Regina betont unüberhörbar das Personalpronomen.

»Und darf man fragen, was du dort machst?«

»Darf man. Aber ich muss nicht antworten. Verstehst du?« Sie dreht sich um und geht in die Küche zurück.

Nach einer Sekunde des Verdauens ruft Dietmar hinterher, dass er, verdammt noch mal, wissen wolle, warum sie ohne ihn nach Dresden fahre. Sie brüllt zurück, dass sie darüber nicht mit ihm reden werde, das sei schließlich ihre Privatsache. Falls es ihm entgangen sei: Sie wären nicht verheiratet, mithin sei sie ihm auch nicht rechenschaftspflichtig und frei in all ihren Entscheidungen. »Frei, verstehst du!«

Von unten wummert es.

»Ruhe da unten!«, schreit Dietmar und schraubt sich aus dem Sessel. Wütend stampft er mit dem Fuß auf die Dielen, wobei sein Unmut weniger dem Alten in der Wohnung unter ihnen gilt als vielmehr Regina in der Küche. Er geht hinüber und lehnt sich, scheinbar gelassen, an den Türpfosten.

»Jetzt noch mal ganz langsam und in Ruhe: Du willst am Samstag nach Dresden?«

Regina nickt und wendet sich der Spüle zu.

»Allein? Ohne mich?«

»Richtig?«

»Warum?«

Sie zuckt mit der Schulter.

»Hast du was Bestimmtes vor?«

Die Antwort ist ein gedehntes »Vielleicht«. Regina spielt auf der Klaviatur des Geheimnisvollen und Rätselhaften. Sie tut dies nicht mit Vorsatz und Bedacht. Es ergibt sich halt so. Und sie spürt, dass ihr es Genuss bereitet, Dietmar zappeln zu sehen. Der steht noch immer schweigend am Türrahmen. Dann äfft er sie nach. »Vielleicht, vielleicht. Was soll das heißen? Man fährt doch nicht auf blauen Dunst in die Bezirksstadt. Du schon gar nicht. Also, wer ist es?«

Regina fährt herum. Soll sie es ihm ins Gesicht schreien oder ganz ruhig den Namen sagen? Sie zögert. Dann sagt sie wie beiläufig: »Ich treffe mich mit Jan.«

Nun ist es heraus. Sie mustert ihr Gegenüber. Es gibt keine Reaktion. Nichts. Als müsste Dietmars Hirn erst die Nachricht verarbeiten. Sie scheint in ein gigantisches Mahlwerk geraten zu sein. Die Nachricht wird gedreht, gewendet, gedrückt, geplättet, hin und her geschoben, das braucht seine Zeit. Dann aber hat sie wohl den Endpunkt der Verarbeitungsstrecke erreicht und lässt die Zornesadern an Dietmars Stirn schwellen.

»Was, du triffst dich mit diesem Arschpauker, dem alten Sack, der dich mit Gipsbein im Krankenhaus gevögelt hat? Ich fass es nicht!« Er schlägt sich theatralisch die flache Hand vor die Stirn und verbirgt seine Augen.

»Erstens ist er kein Arschpauker, sondern ein studierter Pädagoge, zweitens kein alter Sack, höchstens zehn Jahre älter als wir, und drittens hat er mich nicht im Krankenhaus gevögelt.«

»Du hast es mir doch selbst erzählt, dass du mit ihm gepennt hast, ehe er sich in den afrikanischen Busch verdrückt hat.«

»Wir haben uns geliebt.«

»Ach nee. Auf einmal?«

»Das war lange vor unserer Zeit. Ich war nicht deine Erste, und du warst nicht mein Erster. Das weißt du ganz genau. Wir müssen uns unser früheres Leben nicht vorwerfen.«

»Flittchen«, brüllt Dietmar. Offenkundig hat nun der Verstand bei ihm ausgesetzt.

»Schlappschwanz«, schreit sie zurück.

»Du Nutte!«

»Raus«, ruft sie nun. »Raus, ich will dich nicht mehr sehen!« Und um ihn wirklich zu verletzen, schiebt sie nach: »Jan kriegt ihn wenigstens hoch, du Pfeife.«

Ruhe, dringt es wieder dumpf aus der Wohnung unter ihnen.

Doch das hören die beiden Streithähne nicht. Mit geschwollenen Kämmen stehen sie sich gegenüber und giften sich an. Dann langt Dietmar nach ihr, er ist außer sich, schlägt ihr ins Gesicht, dass sofort Blut aus der Nase schießt. Sie ist geschockt, entsetzt, und wehrt sich darum nicht, als er sie aus der Küche zerrt. Polternd stürzt ein Stuhl zu Boden.

Regina stolpert, fällt auf die Knie, verliert ihre Pantoffeln. Dann beginnt sie sich zu widersetzen.

»Lass mich los, du Idiot«, schreit sie und wehrt sich heftig, obgleich sie noch immer alles nicht so richtig ernst nimmt, auch wenn es schmerzt. Ein Kabbelei an der Grenze zum Wahnsinn, vielleicht. Denn Dietmar ist doch ein friedfertiger Mensch, kein Schläger und Ausraster. Trotzdem versucht sie, sich ihm zu entwinden. Doch seine Arme umklammern sie wie Eisenringe und lassen ihr kaum Luft zum Atmen. Sie verlegt sich aufs Flehen. »Okay, entschuldige, war nicht so gemeint.«

Doch Dietmar reagiert nicht. Wortlos wirft er sich mit ihr aufs Bett, er schnauft, sein Atem geht rasch. Er liegt auf ihr wie eine Betonplatte.

»Ich kriege keine Luft«, stöhnt Regina. »Geh runter.«

Der Appell prallt an ihm ab.

Plötzlich spürt sie seine Hand unter ihrem Kleid. Er zerrt an ihrem Schlüpfer und versucht, diesen herunterzuziehen. Und zugleich scheint er auch an seinem Hosentürchen zu nesteln.

»Komm, hör auf damit. Ich will nicht und du kannst nicht. Lass also den Scheiß.« Regina fühlt sich plötzlich wieder obenauf, obgleich sie unten liegt, sie wähnt sich als Herr des Geschehens. »Dietmar, nein, ich möchte jetzt nicht!«

Doch er reagiert nicht und rattert stoisch weiter wie eine Maschine, die keinen Knopf zum Ausschalten hat. Regina versucht ihn mit den Armen wegzustoßen, sie strampelt mit den Beinen, hofft, sich unter ihm wegzurollen, doch die Masse Mensch auf ihr verhindert ein Entrinnen. Spielt er noch oder ist alles bitterer Ernst? Soll sie laut um Hilfe rufen? Außer dem Besenstiel von unten wird es ohnehin keine Reaktion geben. Und vielleicht dreht Dietmar dann völlig durch?

Sie windet sich und hofft, dem schmerzenden Griff in den Schritt dadurch zu entgehen. Dann spürt sie auf einmal etwas Nasses auf ihren Schenkeln. Und bekommt einen Lachanfall. Sie schüttet sich aus vor Lachen. Er hat schon wieder abgespritzt, ehe es so weit war. Wie immer. Sie lacht ihn aus, sie macht sich über ihn lustig. Das befreit.

»Ach, ist mein Schlappschwänzchen wieder vor der Zeit gekommen?«, keucht sie zwischen zwei Lachsalven. »Was ist uns denn da für ein Malheur passiert?« Sie glaubt, damit die Situation zu entspannen, jetzt, wo die Spermabombe entschärft ist. Noch immer reagiert Dietmar nicht. Sie spürt lediglich, dass er in seiner Hosentasche wühlt, als suche er was. Und redet weiter auf ihn ein.

Plötzlich sagt er: »Halt endlich die Schnauze!« Und Regina spürt etwas an ihrem Hals, das ihr die Luft abschnürt. Sie reißt die Arme nach oben, greift nach der Schlinge, die ihr die Kehle zudrückt, dann nach den Händen, die an der Schlinge ziehen. Dann jedoch schwinden ihr die Sinne.

Dietmar zieht noch immer an dem Draht, als längst die Augen starr und reglos aus den Höhlen blicken. Er kennt das von verendeten Tieren im Zoo. Dietmar registriert es teilnahmslos, ohne sich bewusst zu werden, dass der Mensch unter ihm tot ist. Geistesabwesend rollt er sich aus dem Bett, erhebt sich, schließt den Hosenschlitz – und geht. Ohne sich umzuschauen verlässt er die Wohnung. Er schließt nicht einmal die Tür.

In der Wohnung darunter hat das Rentnerpaar Besuch. Vor seinem Schwager möchte der alte Cibulke besonders schneidig wirken. Bereits beim ersten lauten Wortwechsel in der Wohnung über der ihren langte er nach dem Besen, der griffbereit neben der Anrichte im Wohnzimmer stand. Mit dessen Stiel stieß er gegen die niedrige Decke. Das, so sah der Schwager sofort, schien er häufig zu machen, denn die Stelle war bereits sichtlich dunkel.

»Dieses Pack da oben glaubt, wir seien schwerhörig«, schob Cibulke als Erklärung nach. Dann stellte er den Besen wieder an den gewohnten Platz zurück.

Zwei Schnäpse weiter wiederholte er die Übung, nachdem ihm seine Frau wiederholt dazu aufgefordert hatte. »Nu mach doch endlich was!«

Aber jetzt herrscht auf einmal auffällige Ruhe im Obergeschoss. Auch diese Stille stört.

»Sind die gegangen?«, fragt Cibulke seine Frau, die das Abendbrot auf dem Tablett hereinbringt.

»Keine Ahnung«, sagt sie, »im Treppenhaus habe ich nichts gehört.«

»Die pfeifen sonst immer oder trällern sich was, wenn sie die Stufen heruntertrampeln«, erklärt Cibulke seinem Schwager.

»Wer sind *die*?«, fragt der.

»Na, die Regina und ihr Kerl. Sie ist ja eine Nette, arbeitet als OP-Schwester im Krankenhaus. Aber ihr Freund gefällt mir nicht so sehr. Der ist, glaube ich, im Tierpark als Pfleger beschäftigt. Wenn die oben zusammen sind, gibt es nur Zoff, sage ich dir.«

»Nicht nur«, wirft seine Frau ein. »Manchmal quietschen auch die Bettfedern ganz schön. Das regt einen noch mehr auf. Diese Schweine …«

Der Schwager denkt sich seinen Teil und grinst. »Nur kein Neid«, sagt er.

»Aber nu herrscht Totenstille da oben.«

»Sei doch froh. Da musst du nicht mit dem Besenstiel an die Decke stucken.«

Cibulke schüttelt den Kopf.

»Oller Griesgram«, meint seine Frau beim Hinausgehen. »Streiten sie sich, regst du dich auf. Steigen sie in die Kiste, regst du dich auf. Sind sie ruhig, regst du ich auch auf. Was sollen die denn machen? Egal, was sie tun oder lassen: Du regst dich auf!« Kopfschüttelnd verlässt sie das Wohnzimmer.

»Du regst dich doch am meisten auf«, sagt Cibulke. »Mach was, mach was, schreist du immer.« Und nach einer Pause: »Da stimmt was nicht.« Cibulke kippt den dritten Klaren und langt nach einer Mettwurststulle mit geviertelten Gürkchen. »Das ist mir nicht geheuer.«

»Was soll da nicht geheuer sein? Vielleicht schlafen sie nur«, sagt der Schwager.

»Jetzt? Draußen ist es noch hell.«

»Mein Gott, hast du noch nie ein Nickerchen gemacht, bevor der Mond aufging?«

»Du hast doch auch das Poltern gehört, nich? Das hörte sich an, als sei ein Stuhl umgefallen.«

»Bestimmt. In jeder Wohnung fallen mal Stühle um. Das soll hin und wieder vorkommen.«

»Schon. Aber wenn man sich vorher laut streitet, dass es die ganze Nachbarschaft hört?«

»Mein Lieber: Nicht die ›ganze Nachbarschaft‹ hat es gehört, sondern nur du. Und zwar deshalb, weil du es hören willst. Nun hör endlich damit auf. Prost.«

Der Schwager greift zum Bierglas.

Nach einer Weile schweigenden Kauens beginnt Cibulke wieder. »Ich geh hoch. Das lässt mir keine Ruhe. Irgendwas stimmt da nicht. Ich habe da so ein komisches Gefühl.«

»Du schaust zu viele Krimis im Fernsehen«, witzelt der Schwager. »Aber wenn's dich beruhigt: Nach dem Essen können wir ja mal zusammen nach oben gehen.«

»Besser gleich.«

»So weit kommt es noch«, meldet sich die Hausfrau zurück. »Du bist nicht mehr Hausvertrauensmann, das macht seit zwei Jahren der Schulze im Erdgeschoss. Erst wird gegessen, dann könnt ihr gern Privatdetektive spielen und euch bis auf die Knochen blamieren.«

Widerwillig fügt sich Cibulke in sein Schicksal. Die realen Machtverhältnisse sind wieder deutlich geworden. Der Schwager ist stolz auf seine Schwester. Sie hatte schon damals daheim immer die Hosen an, worunter auch er zu leiden hatte. Als Rentner jedoch sieht man das gelassen.

Nachdem das letzte Gürkchen geschnurpst und der Tisch abgeräumt ist, steigen die beiden nach oben und den Haldoris im Obergeschoss aufs Dach. Cibulke will mit den Knöcheln der Hand gegen die Wohnungstür klopfen, als er bemerkt, dass diese geöffnet ist. Erstaunt dreht er sich zu seinem Schwager um und sagt, was dieser selber sieht: »Die Tür ist auf!«

Vorsichtig öffnet er sie vollends und ruft in den Flur mit auffällig gedämpfter Stimme: »Regina!« Und an seinen Schwager gewandt: »Folge mir.«

Der schüttelt lächelnd den Kopf. Sie sind nicht in der Höhle eines Löwen und müssen gewärtigen, dass sie das wilde Tier aus dem Hinterhalt anspringt. Wozu also diese übertriebene Vorsicht?

Cibulke greift zum Lichtschalter, die Glühbirne in der Flurlampe geht an. Nichts. An der Garderobe hängen die Klamotten, links sind die Schuhe fein säuberlich aufgereiht. Nichts deutet auf Ungewöhnliches hin.

»Regina!« Der Ton ist schon lauter, fordernder.

Kein Echo.

Cibulke schaut in die Küche, ein Stuhl liegt am Boden, daneben ein Latschen. Er geht hinüber ins Wohnzimmer. Da liegt der zweite. Sonst ist nichts zu sehen.

»Regina!«

Schließlich öffnet er die Tür zum Allerheiligsten, dem Schlafzimmer.

Auf dem Bett liegt reglos Regina.

»Ach du Scheiße«, entfährt es ihm.

»Was ist?« Sein Schwager kommt aus der Küche gelaufen und sieht die junge Frau. »Die ist doch tot!«

»Nichts anfassen«, sagt Cibulke.

Als ob sein Schwager dieses vorgehabt hätte.

»Wir müssen sofort die Polizei rufen.«

»Na mach mal«, sagt sein Schwager. »Ich sichere den Tatort.«

»Ich kann nicht fahren. Ich habe getrunken.«

»Ich etwa nicht?«

»Du hast einen Kurzen weniger.«

»Ja, aber ein Bier mehr.«

»Ach«, sagt Cibulke wütend und geht nach unten, die Autoschlüssel holen. Das Volkspolizeikreisamt ist nur ein paar Straßen weiter, da wird er schon in keine Verkehrskontrolle geraten. Außerdem hat er eine Tote zu melden. Da wird man wohl ein Auge zudrücken können.

Wenig später knattert sein Trabant die Straße entlang.

Im VPKA will ihn der Genosse am Eingang nicht vorlassen. »Bürger, Sie haben getrunken«, erklärt ihm der Offizier vom Dienst.

Da verrate er ihm kein Geheimnis, antwortet Cibulke ausnehmend witzig, obwohl der Grund seines Erscheinens in der Wache nicht eben komisch ist. »Ich habe eine Tote zu melden«, sagt er, und verlangt jemanden von der Mordkommission zu sprechen.

So etwas gäbe es hier nicht, nur einen Kriminaldauerdienst.

Das sei ihm wurscht, sagt Cibulke und das zunehmend unleidlicher. In seinem Hause lebe eine junge Frau, und nun sei sie tot, das heißt, sie lebe nicht mehr.

»Bürger, Sie haben getrunken«, wiederholt der Diensthabende, womit er andeuten will, dass das, was Cibulke vorbringt, nun ja, ein wenig wirr klingt und nicht zur Kenntnis genommen werden möchte.

Jetzt platzt dem wachsamen, wenngleich nicht ganz nüchternen Rentner der Kragen. Er verlangt lautstark nach dem Chef, und wenn ihm nicht augenblicklich Gehör geschenkt werden würde, dann – so betrunken ist Cibulke nun doch nicht, als dass er vergessen hätte, wer im Staate das Sagen hat – werde er morgen den 1. Sekretär der SED-Kreisleitung informieren. Da solle er aber mal sehen …

Der Uniformierte wiederum weiß das, was Cibulke bezüglich der Macht im Staate weiß, selbstverständlich auch, und mit der Obrigkeit möchte er sich ungern anlegen. Die Drohung erzielt also Wirkung. Er greift zum Telefon. Schon bald eilt einer in Zivil herbei, der sich als Hauptmann der K Leschner vorstellt. Auch ihn weht Cibulkes Fahne an, aber sei's drum: Er nimmt den Bürger und sein Anliegen ernst, wie es so schön in der Dienstvorschrift heißt.

So und so.

Leschner glaubt ihm aufs Wort und alarmiert umgehend die Kriminaltechniker und den Krankenwagen. Der Arzt solle in die Thälmannstraße 15 fahren, dort läge in der dritten Etage eine weibliche Leiche.

»Sie kommen mit mir«, befiehlt der Hauptmann, der offenkundig das Befehlen gewohnt ist, auch wenn er keine Uniform trägt. »Ist jemand vor Ort?«, erkundigt er sich auf dem Weg zum Dienst-Wartburg auf dem Innenhof, und Cibulke ist ganz stolz zu vermelden, dass sein Schwager den Tatort sichere. »Auf meine Weisung.«

Dann kommen noch zwei Kriminaltechniker mit ihren Arbeitskoffern hinzu. Außer einem kurzen »Tach« mit leichtem Kopfnicken ist nichts von ihnen zu vernehmen. Weder beim Einsteigen noch während der Fahrt. Zeuge Cibulke thront wie ein Kommandeur auf dem Beifahrersitz.

Im Haus herrscht Ruhe. Der Tross steigt nach oben, am Geländer lehnt der Schwager. Cibulke herrscht ihn an, er solle den Tatort sichern und nicht im Treppenhaus herumlungern. Die einzige Rechtfertigung ist ein herablassendes Grinsen. Was macht das auch für einen Unterschied, ob er nun *in* oder *vor* der Wohnung wartet.

Cibulke marschiert wie ein General vorweg und steuert das Schlafzimmer an. Leschner und seine Kollegen folgen ihm. Der Hauptmann mustert nur kurz den Raum, betrachtet oberflächlich die Tote, ohne sie zu berühren. Die Sache ist eindeutig. Es liegt der Draht noch am Hals, und dass die junge Frau beim Erdrosseln oder davor oder danach vergewaltigt wurde, ist unschwer am herabgezogenen Schlüpfer, dem aufgeworfenen Sommerkleid und den Spermaspuren zu erkennen. All diese Details werden die Spurensicherung und die gerichtsmedizinische Untersuchung festhalten. Leschner nickt den beiden Kriminaltechnikern zu, sie wissen, was zu tun ist.

»So, Herr Tschibulski …«

»Cibulke, Genosse Hauptmann, Cibulke.«

Leschner legt ihm den Arm auf die Schulter und drängt den Rentner zur Tür. »So, Herr Cibulke, dann lassen wir mal die Männer in Ruhe ihre Arbeit hier machen, wir unterhalten uns nebenan unterdessen.« Der Hauptmann schließt hinter sich die Schlafzimmertür. Auf einem Sessel sitzt bereits der Schwager. Er schaut die beiden erwartungsvoll an.

»Sie sind?«

»Der Schwager von Herrn Cibulke. Wir haben die Tote gefunden.«

»Ach ja. Und wo waren Sie vorher?«

»In unserer Wohnung in der zweiten Etage«, antwortet Cibulke für ihn und erntet dafür einen missbilligenden Blick des Kriminalisten.

»Würden Sie bitte dort so lange warten, bis ich mit Herrn Cibulke fertig bin. Danke.«

Leschner will jeden Zeugen einzeln sprechen, damit nicht jeder unbewusst das Gleiche erzählt. Das wäre noch nicht einmal Vorsatz, sondern ein ganz normaler Reflex. Der erste Zeuge gibt in einer Kollektivbefragung objektiv die Diktion vor, der dann alle anderen automatisch folgen. Der Mensch ist nun einmal ein Herdentier.

Leschner klappt sein Notizbuch auf und zückt seinen Kugelschreiber der Marke Markant aus Dresden. Er dreht erst auf der letzten Seite ein paar Runden damit. Das Blatt ist bereits von einer Unmenge Kreise und Schleifen gefüllt, die sich ins Papier eingedrückt haben, was auf das leidige

Problem mit den Kuliminen ›Made in GDR‹ verweist: Ehe sie in Gang kommen, braucht man viel Geduld, und zwischendurch setzt der Tintenfluss auch aus. Ein durchgehender, kräftiger Strich ist die Ausnahme. Dann aber springt die Mine an und Leschner schlägt zurück.

»Herr Cibulke, Sie bewohnen die Wohnung unter der des Opfers. Was haben Sie bemerkt?«

»Wollen Sie nicht zunächst wissen, wer sie ist?«

Der Hauptmann wirft Cibulke einen Blick zu, der Belustigung verrät. »Darauf werde ich noch kommen. Überlassen Sie mal ruhig mir die Gesprächsführung. Ich habe das nämlich schon mal gemacht. – Also, was ist passiert?«

Cibulke räuspert sich. »Wir saßen gemeinsam am Tisch im Wohnzimmer. Mutti hatte lecker Schnittchen gemacht, wir nahmen dazu Bier und einen Kurzen. Vielleicht auch zwei. Dann wurde es wie immer oben laut.«

»Wie immer?«

»Na, immer wenn der Kerl da war, haben die sich laut gestritten. Es war nicht zum Aushalten. Ich habe mit dem Besenstiel gegen die Decke gewummert und Ruhe gefordert.«

»Wie immer, vermutlich?«

»Sie vermuten richtig, Genosse Hauptmann. Ich habe mich also bemerkbar gemacht. Danach war es für kurze Zeit still. Aber eben nur ein, zwei Minuten etwa. Dann brüllten sie sich wieder an, anschließend polterte es, als sei ein Stuhl oder irgendwas Schweres zu Boden gestürzt. Anschließend ging das Geschrei weiter. Aber es war nur sie zu hören, er nicht. Sonst ging das ja immer hin und her zwischen beiden. Ein Wort gab das andere, Sie verstehen?«

Leschner nickt und notiert sich die Stichworte.

»Hörten Sie ihre Stimme oder nahmen Sie nur an, dass es ihre war? Es war keine zweite Frau oder die Stimme anderer Personen zu vernehmen?«

Cibulke gibt sich entrüstet. »Das war eindeutig nur eine einzige Frauenstimme, ihre. Ich bin doch nicht taub.«

»Wenn Sie ein so gutes Gehör haben: Was sagte oder schrie denn die Frauenstimme?«

»Das nun habe nicht verstanden.«

»Waren es Hilferufe oder so etwas?«

Cibulke steht die Enttäuschung ins Gesicht geschrieben. Er hätte gern präzise darauf reagiert, nicht nur aus Gefallsucht. Aber er muss die Antwort leider schuldig bleiben.

»Und dann?«

»Dann war auf einmal Ruhe. Totenstille sozusagen.«

»Kein Türenknallen, Geräusche im Treppenhaus, nichts Auffälliges?«

»Nee, nüscht. Ich habe auch meine Frau gefragt, ob sie gehört habe, dass jemand die Treppe hintergelaufen sei. Aber sie hat dergleichen nicht vernommen.«

»Und danach sind Sie auf die Idee gekommen, mal oben nach dem Rechten zu schauen? Haben Sie das jedes Mal gemacht, wenn es oben gekracht hat?«

»Nee, nie. Das war das erste Mal.«

»Warum?«

»Naja, wir saßen, wie schon gesagt, zu dritt beim Abendbrot. Es gab oben Zoff, ich habe ein paar Mal gegen die Decke gestuckt, was sie wenig beeindruckte, und dann war auf einmal Ruhe im Karton.«

»Da hatten Sie doch Ihr Ziel erreicht und hätten zufrieden sein können?«

»Ja, schon, aber die plötzliche Stille war irgendwie gespenstisch. So abrupt. Kein Ton, nichts. Mein Schwager meinte, als ich darüber mein Erstaunen ausdrückte, dass sie vielleicht eingeschlafen seien, nachdem sie … Sie verstehen schon.« Cibulke schlägt mehrmals mit der flachen Rechten auf die mit Zeigefinger und Daumen der linken Hand geformte kreisrunde Öffnung. »Aber ich habe ihm widersprochen: So plötzlich versinke niemand danach gleich in Tiefschlaf.«

»Also haben Sie sich entschlossen, mit Ihrem Schwager

nachzuschauen und dabei festgestellt – so sagten Sie vorhin auf dem Revier –, dass die Wohnungstür nicht verschlossen, sondern nur angelehnt war.«

Cibulke bekräftigt die Feststellung mit Kopfnicken.

»Und wenn sie verschlossen gewesen wäre? Hätten Sie geklopft oder geklingelt oder die Tür eingetreten?«

»Hätte, hätte, Fahrradkette ... Die Klingel war außerdem nicht angeschlossen, das wollte ja der Dietmar noch machen. So zumindest hat mir Regina das gesagt, als ich sie darauf ansprach, dass ihre Türklingel nicht gehe.«

Leschner beißt sich auf die Zunge. Seine Frage war saublöd. Ihm geht dieser Wichtigtuer mit seiner Blockwartmentalität auf den Senkel, da hatte er sich hinreißen lassen. Aber da Cibulke nun zwei Namen einführte, ergibt sich für ihn die Gelegenheit, die Richtung zu ändern.

»Wer ist Dietmar?«

»Reginas Freund, mit dem sie seit geraumer Zeit zusammen ist. Ich glaube, das geht schon etwa anderthalb Jahre mit dem.«

»Wohnt er hier?«

Cibulke schüttelt entrüstet den Kopf. »So weit kommt's noch. Nee, der kam nur regelmäßig vorbei, manchmal täglich, und gelegentlich blieb er auch über Nacht. Glaube ich jedenfalls. Ich lag ja nicht unterm Bett ...«

Das hättest du aber gewiss gern, denkt Leschner amüsiert.

»Kamen auch noch andere Männer?«

»Nein. Regina war ein ordentliches Mädchen. Nicht so eine, so eine ...« Cibulke sucht nach einem passenden Wort, aber ihm fällt keines ein. »Sie war solide.«

»Und hat bestimmt auch regelmäßig den Treppenflur gewischt, wie das der Reinigungsplan vorsah.«

»So ist es.«

»Zurück zu Dietmar. Wie weiter? Sein Nachname?«

Cibulke zuckt die Achsel. »Ich weiß nur, dass er im Tierpark als Pfleger arbeitet. Er wirkte auf mich etwas schüchtern, irgendwie verklemmt und verhuscht. Wenn man sich auf der Treppe begegnete und einen Guten Tag wünschte, hat der einem nie ins Gesicht geschaut. Der Blick ging stets nach unten. Deshalb habe ich ja auch nicht verstanden, dass die beiden sich so laut ankeiften und stritten. Draußen wirkte er immer, als könnte er kein Wässerchen trüben. Aber hinter verschlossener Tür flogen die Fetzen.« Cibulke schüttelt den Kopf, er steht vor einem Rätsel. Und er ist der Typ, der nicht mit unbeantworteten Fragen leben kann. Man sieht ihm an, dass er schwer an diesem Problem trägt.

»Können Sie ihn beschreiben?«

»Ist das nötig? Gehen Sie zu Arnold Müller in den Zoo und lassen Sie sich ein Foto von ihm geben. So viele Tierpfleger von Mitte zwanzig haben die nicht, als dass er nicht sofort identifiziert werden könnte.«

»Mache ich sofort, wenn ich hier durch bin.« Leschner blättert einige Seiten in seinem Büchlein zurück.

»Nun zum Opfer. Was wissen Sie über Regina?«

Cibulke hebt die Achseln. »Nicht viel. Was man eben so über Nachbarn weiß, denen man nur auf der Treppe begegnet. Sie kommt, äh, sie kam aus ordentlichen Verhältnissen. Die Mutter«, er reckte den Zeigefinger der rechten Hand gen Himmel, »muss ein hohes Tier sein oder gute Beziehungen zur Obrigkeit haben, denn sonst hätte Regina nicht die Wohnung bekommen. Stellen Sie sich mal vor, Genosse Hauptmann: als achtzehnjährige Schwesternschülerin und alleinstehend!«

»Naja«, setzt Leschner zum leichten Widerspruch an, »mit achtzehn ist man hierzulande volljährig mit allen Konsequenzen und Rechtsansprüchen. Auch den auf eine eigene Wohnung. Und das da oben ist ja nun wahrlich kein Palast.«

»Aber wie viele in dieser Stadt warten schon lange auf eine größere Wohnung, weil sie beengt und unter menschenunwürdigen Bedingungen hausen? Ich könnte Ihnen Geschichten erzählen …«

»Müssen Sie nicht, Herr Cibulke. Die kenne ich auch.« Leschner selbst wohnt mit seinen drei Kindern in einer Wohnung, die nur unwesentlich größer ist als die der Toten. Seit Jahren wird er vertröstet. Jedes Mal, wenn das dem VPKA zugewiesene Kontingent Neubauwohnungen verteilt wird, fällt er hinten runter, weil weniger Wohnungen bereitgestellt wurden als versprochen. Da muss zunächst der junge Absolvent mit Frau und Kind vorrangig berücksichtigt werden, weil er schlechterdings nicht in ein Ledigenwohnheim einquartiert werden kann. Und dann ist dort der langjähriger Revierleiter mit der bettlägerigen Frau, der unbedingt eine zentralbeheizte Wohnung benötigt … Genosse, das musst du doch verstehen, die Partei verlangt von dir ein Einsehen, hieß es dann immer, und mit dieser moralischen Keule wurde jeder berechtigte Anspruch plattgemacht.

»Die Regina, Sie erwähnten es bereits, arbeitet im Bezirkskrankenhaus als OP-Schwester. Ich werde mich auch dort noch erkundigen. Sie war, wenn ich Sie recht verstanden habe, eher unauffällig, sehr normal. Wissen Sie, worüber sich die beiden gestritten haben? Und zweitens: Sie gehen davon aus, dass es auch vorhin die beiden waren, die sich in den Haaren lagen?«

»Erste Frage: Nein, ich weiß nicht, worüber sich die beiden immer gefetzt haben. Das sagte ich ja bereits: Es war nichts zu verstehen. Zweite Frage: Ja, ich wiederhole mich, es waren eindeutig Dietmar und Regina. Der Beweis, dass sie dabei war, liegt nebenan«, er macht, als ob dies nötig wäre, eine Handbewegung in Richtung Schlafzimmertür. »Und dass es sich ausschließlich um ihren – soll ich sagen – Verlobten? gehandelt haben kann, sagte ich gleichfalls schon vorhin: Es gab keine anderen Kerle in Reginas Leben. Er war der Einzige. Und drittens schließlich: Der Ablauf vorhin war so wie bei den früheren Streitereien. Mal vom Finale abgesehen …«

Hauptmann Leschner klappt sein Büchlein zu. »So, das

hätten wir. Schicken Sie mir dann bitte Ihren Schwager hinauf.«

Es geht inzwischen auf acht Uhr zu, als die Befragungen im Haus abgeschlossen und von den Technikern alle Spuren dokumentiert sind. Der Arzt hat den Tod festgestellt und amtlich beglaubigt, der Leichnam ist in die Pathologie überführt. Am folgenden Tag werden die Gerichtsmediziner ihn obduzieren.

Leschner kehrt ins Volkspolizeikreisamt zurück und informiert den Vorgesetzten und die Kollegen der K von dem Verbrechen. Er schlägt vor, eine Fahndung nach dem Freund des Opfers auszuschreiben, da dieser dringend tatverdächtig sei.

Das können wir uns sparen, sagt sein Chef. »Der sitzt bereits hier.«

»Wie bitte?«

»Ja, du hast richtig gehört. Dieser Dietmar Atzdorn hat sich vor etwa einer Stunde selbst gestellt. Du kannst ihn gleich vernehmen.«

»Verstehe. Wir können ihn nicht über Nacht festhalten – auf welcher Rechtsgrundlage?«

»Du sagst es. So lange nicht der Tatverdacht von unserer Seite bestätigt worden ist, können wir ihn nicht festsetzen, nicht einmal für eine Nacht. Wenn hier einer auftaucht und erklärt, er habe Hans Modrow erschossen und dieser läuft – entgegen der Selbstbezichtigung des angeblichen Täters – lebendig auf dem Elbdeich herum, können wir den Selbststeller nicht in U-Haft nehmen. Tut mir leid, mein Lieber, du musst noch mal ran.«

Leschner nickt und marschiert in sein Büro. Dann lässt er sich den Tierpfleger vorführen.

Der junge Mann wirkt wie abwesend. Er setzt sich auf den Stuhl, den ihm der Uniformierte unter den Hintern schiebt. Leschner nickt ihm aufmunternd zu. Er ist in solchen Situationen leidenschaftslos und frei von Emotionen. Ob jemand ein Mörder, ein Karnickeldieb oder Scheckbetrüger ist: In erster Linie ist es ein Mensch, ein Individuum mit verschiedenen Seiten und Anlagen und mit einem Anspruch: dem auf Respektierung seiner Würde. Es gibt kaum jemanden, der nur abgrundtief böse ist. Und bevor man urteilt und ihn notfalls auch verurteilt, weil er Gesetz und Moral missachtete, muss man alle Momente, Ursachen und Beweggründe gewissenhaft prüfen, oder wie es bei Gericht heißt: würdigen.

»Haben Sie etwas dagegen, wenn ich das Tonband mitlaufen lassen?«

Keine Reaktion.

»Nun, ich nehme Ihr Schweigen als Zustimmung.« Leschner zieht das Schubfach mit dem Gerät aus dem Schreibtisch hervor und schaltet es ein, die Spulen beginnen sich zu drehen. »Sie bekommen dann anschließend eine Abschrift, die Sie quittieren müssen. Also, beginnen wir.«

Er rückt seinen Stuhl zurecht und dann das Mikrofon, welches vor ihm auf dem Tisch steht und in Richtung des jungen Mannes zielt.

»Mein Name ist Hauptmann der K Leschner. Ich ermittle in dem Tötungsdelikt Regina Zeck. Wir beginnen zunächst mit Ihren Personalien. Sie heißen?«

Die Frage prallt an dem Mann ab wie an einer Betonwand. Leschner kennt diesen Schockzustand. Er hält nichts von der Beruhigungsspritze, nach der manche Kollegen in diesem Moment rufen.

»Vorhin haben Sie doch gesprochen. Meine Kollegen berichteten mir, dass Sie sich bei ihnen gemeldet und selbst beschuldigt haben, einen Menschen getötet zu haben. Das wollen wir jetzt alles noch einmal zu Protokoll nehmen. Verstehen Sie?«

Langsam kommt Bewegung ins blasse Gesicht des Mannes. Sein Blick richtet sich erst auf das Mikrofon, dann auf Leschner. Der Kriminalist erwidert den tastenden Blick und sieht in graue, leere Augen, sein Blick stößt auf keinen Grund, da ist nichts außer Fassungslosigkeit und Leere. Für Leschner ist klar: Hier ist eine menschliche Tragödie passiert, kein Verbrechen mit Vorsatz. Arme Sau, schießt es ihm durchs Hirn.

»Sie heißen?«

»Dietmar Atzdorn.«

»Wann und wo geboren?«

Nachdem die Personalien aufgenommen, kommt Leschner zum eigentlichen Anlass der Befragung. Er solle erzählen, was heute in der Wohnung von Regina Zeck geschehen sei.

Der Tierpfleger beginnt zögernd, seine Rede wird immer wieder von Pausen unterbrochen. Es scheint, als müsse er in der Erinnerung kramen, in den Tiefen seines Gehirns nach Bildern suchen. Als hätte jemand mit einem Schwamm die Tafel gewischt, auf der alles aufgezeichnet war. Folglich steht dort nichts mehr zu lesen. Er muss zu rekonstruieren versuchen.

Der Hauptmann lässt ihm Zeit. Er bedrängt ihn nicht mit Fragen oder gar Vorhaltungen, liefert allenfalls Stichworte, wenn Dietmar Atzdorn nicht weiter weiß.

Der rechtfertigt sich nicht, schiebt nicht, was Leschner oft erlebt, dem Opfer die Schuld zu. Dietmar Atzdorn zerfließt auch nicht in Selbstmitleid. Er erzählt, innerlich merklich aufgewühlt, wie er mit seiner Freundin in Streit geraten sei, sich von ihr provoziert gefühlt habe und dass er auf dem Bett versucht habe, mit ihr zu schlafen. Doch weil er den Akt nicht habe vollziehen können und Regina ihn ausgelacht habe, hätte er ihr Angst machen wollen, indem er ihr eine Drahtschlinge um den Hals gelegt habe. Er habe sie nicht erdrosseln wollen, er liebe sie doch. Regina sei, nächst seiner Mutter, der einzige Mensch, zu dem er sich hingezogen fühle. Er habe ihr nur zeigen wollen, wie sich das anfühlt, wenn einem die Luft zum Atmen genommen werde.

In einer solchen Situation habe er sich befunden. Ihr fortgesetztes Drängen, aus Görlitz wegzugehen, woanders neu anzufangen, habe ihm zunehmend das Herz zugeschnürt. Er fühlte sich von ihr bedrängt, unter Druck gesetzt, zu einer Entscheidung genötigt, die er nicht habe treffen wollen.

Diese Fesselung und Bedrückung, so der Tierpfleger, habe er auch einmal seine Verlobte spüren lassen wollen. Nur kurz sollte ihr die Luft wegbleiben, damit sie eine Ahnung bekäme, wie es ihm gehe. Den Draht habe er noch zufällig in der Tasche gehabt, er sollte ihr ja die Klingel anschließen.

Für Hauptmann Leschner scheint die Sache ziemlich klar.

»Ich würde Sie gern psychiatrisch untersuchen lassen«, sagt er, nachdem Dietmar Atzdorn endete. »Sind Sie damit einverstanden?«

»Davon wird Regina auch nicht wieder lebendig«, antwortet der, womit er gewiss recht hat. Aber für die Beurteilung seiner Persönlichkeit und das Strafmaß kann ein solches Gutachten erheblich sein. Das sagt Leschner natürlich nicht, weil er nämlich die Gegenfrage fürchtet: Halten Sie mich etwa für verrückt? Nein, für »verrückt« hält er den jungen Mann keineswegs, aber im Moment der Tat nicht bei Sinnen. Das aber sollen die Psychologen herausbekommen. Dazu sind sie schließlich da.

Leschner klingelt nach dem Polizisten, der Dietmar Atzdorn in die Zelle bringen soll. Um der Form und dem Gesetz Genüge zu tun, erklärt ihn der Hauptmann der K für vorläufig festgenommen, weil er im dringenden Verdacht steht, die Krankenschwester Regina Zeck in ihrer Wohnung ermordet zu haben. »Abführen«, lautet sein letztes Wort.

Nun beginnt der ganze Papierkram, den Leschner so hasst: Sofortmeldung an die zuständigen staatlichen Stellen, Lagebericht an die morgendliche Runde der Mitarbeiter der K und den Amtsleiter, Information an die Staatsanwaltschaft, Beantragung des Haftbefehls und einer psychiatrischen Untersuchung, Gerichtssektion, Auswertung der kriminaltechnischen Untersuchung etc. Öffentlichkeitsarbeit? Überflüssig. »Mithilfe der Bevölkerung«, die in unaufgeklärten Fällen per Zeitungsmeldung bisweilen eingefordert wird, ist hier nicht erforderlich. Der Täter ist bekannt und geständig. Es genügt, wenn später im Gerichtsbericht die Menschen von diesem Verbrechen erfahren, das weder typisch ist noch überhaupt ins Bild einer gesicherten sozialistischen Gesellschaft passt. Schlimm genug, dass es so etwas überhaupt gibt.

Leschner haut seinen ganzen Unmut über die Mehrarbeit in die Tasten der Schreibmaschine. Tippfehler stören ihn nicht. Er macht schließlich Überstunden. Das entschuldigt alles. Die Sekretärin hat Feierabend. Er nie.

Am nächsten Tag liegt bereits der Sektionsbericht vor. Er bestätigt, wenngleich medizinisch verklausuliert, lediglich das, was Leschner mit einem Blick festgestellt hat.

Die Tote, so steht es denn dort auf dem Papier, wurde durch Erdrosseln gewaltsam zu Tode gebracht. Eine wortmalerische Formulierung für einen schrecklichen Vorgang, denkt der Hauptmann und liest weiter. »Nachgewiesen wird diese Tatsache durch das Vorhandensein der waagerecht verlaufenden Drosselmarke. Sie liegt tief, vor und unterhalb des Kehlkopfes.« Nun, das sieht man auch auf den Fotos, die ihm die Kriminaltechniker morgens geliefert hatten.

»Die tiefe Abschnürung bewirkt die Abklemmung der Halsschlagadern. Die Wirbelsäulenschlagadern sind nicht beschädigt. Dadurch ist die Unterbrechung der Blutzufuhr zum Gehirn nicht augenblicklich und vollkommen. Es besteht aber die Behinderung des Blutabflusses durch Kompression der Halsvenen.«

Der Gerichtsmediziner stellte bei der Sektion »hochgradige Stauungserscheinungen oberhalb der Drosselmarke fest. Daraus resultieren die Hautblutungen von Gesicht und Hals und die massenhaften Punktblutungen in Augen und Gesicht.

Die inneren Befunde sind ebenso eindeutig: Fraktur des Kehlkopfes, starke Blutfülle der Lungen mit Gewebsblutungen.

Die Blutung aus der Nase, die für ein Erdrosseln charakteristisch ist, stammt im vorliegenden Fall hauptursächlich von dem vorher ausgeführten derben Schlag ins Gesicht der Toten.

Hauptursache für den Tod ist die unvollkommene und wechselnde Luftabschnürung bei leidlichem Erhaltensein der Blutzufuhr zum Gehirn.«

Hauptmann Leschner wirft den Obduktionsbericht vor sich auf den Tisch. Er ist von solchen Beschreibungen gleichermaßen fasziniert wie abgestoßen. Dieses Mediziner-Fachchinesisch gibt einerseits emotionslos wieder, was mit und im Körper passiert ist. Das ist wichtig, um zu erfahren, was unmittelbar zum Tode eines Menschen geführt hat. Auf dieser Basis lässt sich dann Schuld oder Unschuld Beteiligter ermitteln und das Maß ihrer Verantwortung bestimmen. Auf der anderen Seite verärgern ihn diese gänzlich abstrakten Formulierungen. So kann man über eine Sache, über einen toten Gegenstand schreiben, nicht aber über ein menschliches Wesen. Das ist doch kein leblose Materie, sondern ein Mensch, der bis vor kurzem sprach, sang, trank, atmete, der mit anderen Menschen fühlte, mit ihnen litt oder sich an seinem Dasein erfreute.

Natürlich, als Materialist weiß er, dass der Mensch zu etwa zwei Dritteln aus Wasser und einem Drittel Kohlenstoff besteht, der Rest sind Spurenelemente. Eine »Seele« hat man darunter bislang nicht entdeckt. Wie auch, denn das ist Metaphysik. Die Gesamtheit von Gefühlsregungen und geistigen Vorgängen, die manche darunter subsumieren, ist weder greifbar noch existiert sie losgelöst vom menschlichen Körper: Wenn dieser aufhört zu funktionieren, also tot ist, hört auch die »Seele« auf zu existieren. Leschner hat diese Frage wiederholt im Parteilehrjahr angeschnitten, doch das

Interesse war mäßig. Mit solchem »Seelenkäse« sollten sich die Gehirnklempner beschäftigen, hieß es. Wir liefern ihnen den Täter – ihre Aufgabe ist es, ihm ins Hirn zu gucken und dem Richter zu sagen, ob er richtig tickt oder nicht, ob er schuldfähig ist oder nicht. Knast oder Klapse – das ist doch die Frage. Alles andere ist akademische Flohknackerei, verstehste, Genosse Hauptmann?

Bevor das Bezirksgericht Dresden Anklage erhebt, werden diverse psychiatrische Gutachten eingeholt. Bei den Ermittlungen war schließlich das Kernproblem deutlich geworden. Anlass für die Spannungen zwischen beiden war die wachsende Unzufriedenheit von Regina Zeck, die nicht zuletzt auf einem Mangel an sexueller Befriedigung fußte. Und als Ursache für die Impotenz ihres Freundes sah sie dessen nahezu sklavische Bindung an dessen Mutter an.

Die Mutter stellte dies natürlich in Abrede und machte ausschließlich das Mädchen, also das Opfer, dafür verantwortlich, dass ihr Sohn zum Mörder geworden war. Sie habe ihn verführt und ihm Flausen in den Kopf gesetzt. »Was für Flausen?«, hatte Leschner sie bei der Vernehmung gefragt, worauf Frau Atzdorn auf den Wunsch der jungen Frau verwies, ihren Sohn zu heiraten, mit ihm wegzugehen und eine Familie zu gründen. »Warum sollte er mit diesem Flittchen weggehen? Er hatte es doch immer gut bei mir.«

»Warum Flittchen?«, hatte sich Leschner daraufhin erkundigt, denn Bemerkungen dieser Art waren von keinem einzigen Zeugen gemacht worden. Im Gegenteil: Alle hatten die solide Lebensweise herausgestellt. Daraufhin hatte Frau Atzdorn eine wegwerfende Handbewegung gemacht. Das wisse man doch, dass die meisten jungen Krankenschwestern es mit den Ärzten trieben, um sich eine goldene Zukunft zu sichern. Die sind doch alle so was von berechnend, diese jungen Dinger!

Gegen diese Behauptung stehe aber die Tatsache, dass Frau Zeck länger als anderthalb Jahre mit ihrem Sohn zusammen war und diesen und keinen Chef- oder Oberarzt heiraten wollte, hielt Leschner dagegen. Offensichtlich war Liebe im Spiel, keineswegs Berechnung.

Logik schien jedoch nicht die starke Seite der Mutter zu sein, denn sie beharrte auf ihrem Standpunkt, ihr Sohn sei das Opfer und nicht, wie unterstellt werde, der Täter.

Hauptmann Leschner sah seine Aufgabe nicht darin, sich mit Frau Atzdorn anzulegen. Er war der ermittelnde Kriminalist, nicht der Richter. Er musste nichts erklären und beweisen, sondern nur die Fakten zusammentragen. Beurteilen und verurteilen mussten andere.

So unterließ er denn auch, aus Gutachten zu zitieren, die eindeutig belegten, dass Dietmars Probleme im Bett psychogen, also seelisch bedingt waren: Sie gingen auf Traumata und falsche oder ungenügende Verarbeitung von Erlebnissen zurück. Das schlug sich dann organisch nieder. Ein klarer Fall von psychischer Impotenz, hatten die Gutachter unabhängig voneinander geschrieben. Behandelbar, aber nicht zwingend erfolgreich.

Hauptmann der K Leschner hatte den Fall abgeschlossen und die Unterlagen der Staatsanwaltschaft in Dresden zukommen lassen. Dort sitzt man schließlich über Dietmar Atzdorn zu Gericht. Die zentrale Frage, ob er schuldfähig ist, wird von allen Fachgutachtern positiv beantwortet. In vollem Umfang sei er das.

Das Gericht würdigt den Umstand, dass sich Dietmar Atzdorn unmittelbar nach der Tat selbst gestellt hat. (Was im Übrigen seine Schuldfähigkeit unterstreicht: Wer nicht bei Sinnen und Verstand ist, geht nicht anschließend zur Polizei und zeigt sich selber an.) So folgt denn der Richter nicht dem Antrag des Staatsanwalts, der – entsprechend § 112 des Strafgesetzbuches der DDR – für den Mord eine lebenslange Haftstrafe forderte, sondern verurteilt ihn zu zwölf Jahren und sechs Monaten. Hingegen folgt das Gericht der im Gutachten der Fachklinik Großschweidnitz ausgesprochenen

Empfehlung, den Verurteilten für die Zeit der Haft stationär in einer psychiatrischen Klinik unterzubringen.

Nach zehn Jahren wird die Reststrafe zur Bewährung ausgesetzt, im Jahr 1983 ist Dietmar Atzdorn ein freier Mann.

An Regina Zeck erinnern sich nur noch ihre Eltern.

## Mord in der Waschküche

Alle Achtung, seine Martha, findet er, hat sich wirklich gut gehalten. Und das nach sechs Kindern. Ernst spürt die Regung in seiner Hose. Vielleicht liegt die auffällige Wirkung auch daran, dass er vierzehn Tage enthaltsam lebte. Er ist auf Montage im Norden der Republik, da wird nur geackert und gesoffen, gefickt wird erst wieder daheim. Komm, ruft er vom Sofa, ich habe jetzt Lust.

Ich nicht, antwortet Martha, ich muss erst die Kinder ins Bett bringen. Aber du könntest mir ja dabei helfen, dann bin ich eher fertig.

So weit kommt's noch, sagt Ernst, der Kraftfahrer auf Wochenendurlaub, dass ich den Blagen den Arsch putze und den Rotz abwische. Das ist Weiberarbeit. Für ihn ist die Menschheit klar geschieden: in den einen Teil, der das Geld nach Hause bringt, und in den anderen, der es ausgibt und für den Nachwuchs sorgt. Jäger und Sammler eben. Er ist Jäger. Schon immer gewesen. Auch Schürzenjäger. Seit er aber verheiratet ist, beschränkt sich Ernst allerdings auf die Schürze von Martha. Alle zwei Jahre kommt sie nieder. Mutter, Kollegen, Ärzte heben besorgt die Augenbrauen, weil das zu viel wird. Das zierliche Persönchen ist keine pausenlos produzierende Gebärmaschine, die sich für die Familie aufopfert. Denn trotz Kinderkrippe und -garten mehren sich von Kind zu Kind die Belastungen.

Biste nun endlich fertig, meldet sich Ernst erneut vom Kanapee und nimmt einen Schluck aus der Bierflasche, die er mit vernehmlichen *Plopp* öffnete.

Er sehe doch, dass das nicht der Fall ist, antwortet Martha genervt. Sie windelt die Jüngste für die Nacht. Die fünf Jungen – elf, neun, sieben, fünf und drei Jahre alt – sind, wie man so sagt, aus dem Gröbsten raus, das erste und einzige

Mädchen, lange ersehnt, verlangt nun ihre ganze Aufmerksamkeit.

Im Obergeschoss toben die Großen durch die Kinderzimmer, dass die Wände wackeln. Ob er nicht mal für Ruhe sorgen könne, fordert Martha ihren Mann auf, doch der rülpst nur und sagt, dass er morgen mit ihnen angeln gehen werde, der Lärm störe ihn nicht.

Sie schon, entgegnet Martha wütend. Das gehe an jedem Abend so, sie halte das nicht mehr aus. Den Jungen fehle einfach der Vater, ihr tanzten sie nur auf der Nase herum.

Selber schuld, kommt es vom Sofa, warum lasse sie sich das gefallen. »Gib ihnen ein paar hinter die Löffel und Ruhe ist.«

Was anderes falle ihm offenkundig auch nicht ein, Schlagen sei keine Lösung und Erziehung ein weites Feld, sie beschränke sich nicht aufs Züchtigen.

»Ach, hör auf mit dem Gelaber und komm endlich auf die Couch.« Seit Wochen habe er nichts vor die Flinte bekommen, er müsse endlich abdrücken, sonst explodiere er noch, knurrt der Mann.

Bei anderen Menschen befände sich der Verstand im Kopf, bei ihm offenkundig in der Hose, oder umgekehrt: Wo bei anderen Mensch das Hirn sei, säße bei ihm der Pimmel. Er habe offensichtlich immer nur das eine im Schädel.

Stimmt, dröhnt es nassforsch und treudoof vom Sofa. Dafür seien die Menschen nun mal auf der Erde: um sich zu paaren und fortzupflanzen. Wie die Tiere auch.

Wir sind aber keine Tiere, kommt es zurück. Dabei knuddelt Martha Sabine, die sie anstrahlt und zufrieden mit den Beinchen auf dem Wickeltisch strampelt. »Gut, vielleicht gibt es Ausnahmen: Du bist ein Rammler. Aber ich bin nicht dein Hase.«

»Nun hab dich nicht so«, wiehert Ernst und verlangt nach einer neuen Flasche Bier.

»Beweg deinen Arsch gefälligst selbst zum Kühlschrank«,

reagiert Martha ziemlich ungehalten. Sie bringe die Kleine ins Bett.

Ernst sieht durch die geöffnete Schlafzimmertür, wie seine Frau, an den Ehebetten vorbei, Sabine zum Kinderbettchen trägt. Das haben vor ihr bereits die Jungs benutzt, und es steht an diesem Platz, seit sie hier draußen in der Siedlung leben.

Das Haus gehörte früher Marthas Mutter. Als ihr drittes Kind unterwegs war und die Wohnung in der Stadt immer enger wurde, hatten sie getauscht. Aber nicht nur einfach die Adressen gewechselt, sondern auch die Eigentumsverhältnisse. Martha und Ernst wurden als die neuen Besitzer des Einfamilienhauses ins Grundbuch eingetragen, während Marthas Mutter Else Mieterin ihrer Wohnung in Görlitz wurde.

Martha hatte sich zunächst gegen diese großzügige Schenkung gewehrt, obgleich dies ein wenig albern war. Eines Tages hätte sie die Immobilie ohnehin geerbt. Aber sie fühlte sich gegenüber ihrer Mutter, was völlig unbegründet war, deswegen ziemlich schlecht. Ihr schien es, als habe sie mit der Fruchtbarkeit ihres Leibes die Mutter aus ihrer Bleibe geradezu vertrieben. Dabei war es deren eigene Entscheidung, das ihr liebgewordene Quartier, in dem sie seit den 1930er Jahren lebte, an die nächste Generation zu verschenken, an ihre einzige Tochter und deren Familie.

Die Siedlung war 1932 am Rande von Görlitz aufgeschlossen worden, weshalb man sie auch so nannte: »Stadtrandsiedlung«. In der Weimarer Zeit gab es Anflüge von sozialer Gerechtigkeit, die Entscheidung der Stadt, kinderreichen Familien kostengünstig Bauland zu überlassen, fällt in dieses Fach. So entstanden aus Lehm und gebrannten Ziegeln in kurzer Zeit an die hundert Häuser, die der Volksmund bald nur »Negersiedlung« nannte. Das war dem Umstand geschuldet, dass die zahlreichen Kinder, welche über die Baustellen und zwischen den Häusern tobten, insbesondere im Sommer ziemlich braungebrannt waren, und überdies auch in der Lehmgrube nahebei, in der der Baustoff für die Lehmziegel gewonnen wurde, unbeschwert herumtollten. Abends wurden die Dreckspatzen von den Müttern gescholten: »Ihr seht aus wie die Neger!«

Der Name »Negersiedlung« sollte sich Jahrzehnte halten, auch wenn die wenigsten Bewohner noch seinen profanen Ursprung kannten. Heute heißt der Görlitzer Stadtteil nicht nur aus Gründen politischer Unbedenklichkeit »Landeskronsiedlung«, doch das Manko von einst ist bis heute nicht behoben: die fehlende Infrastruktur. Neben und zwischen den rund vierhundertfünfzig Grundstücken gibt es noch immer kaum lebenswichtige Einrichtungen, weshalb das Interesse an einer Immobilie dort nicht sonderlich groß ist.

Damals, in den 1930er Jahren, war das noch anders. Da wimmelte es dort nur so von kinderreichen Maurern, Schlossern, Zimmerern, Klempnern, Tischlern, Installateuren, Elektrikern, also jenen Handwerkern, die man stets brauchte. Insbesondere beim Bauen.

Marthas Vater war Schlosser, er arbeitete im Görlitzer Schlachthof, die Mutter verdiente als Näherin. Die beiden hatten zwei Kinder, Martha und deren jüngeren Bruder. Die Familie wohnte in der Stadt. Dann verstarb jedoch ein Onkel der Mutter, nachdem er in der Stadtrandsiedlung eine Parzelle erworben und mit dem Bau eines Hauses begonnen hatte. Die Tante mochte jedoch nach seinem Tod nicht weiter bauen und zog mit ihren neun Kindern zur Schwester ins Vogtland. Sie überließ ihrer Nichte das Grundstück mit Rohbau. Und obgleich eine Familie mit zwei Kindern nicht unbedingt als kinderreich galt, stimmte die Behörde der Übernahme zu. Der Hausherr war, wie schon erwähnt, Schlosser. Und Handwerker waren in der Siedlung immer willkommen. Auch wenn die Familie nur zwei Kinder hatte. Wer sagte denn, dass es bei zwei bleiben würde?

Durch Görlitz fließt die Neiße. Bis 1945 war es ein Gewässer in der Stadt, nach dem Krieg jedoch Stadtgrenze und auch Grenzfluss. Der östliche Teil lag nun in Polen und hieß Zgorzelec. So hatten es die Siegermächte auf ihrer Konferenz in Potsdam verfügt. Ebenfalls, dass die auf der polnischen Seite lebenden Görlitzer hinüber nach Restdeutschland wechseln sollten. So mussten denn auch Marthas Großeltern von Ost nach West umsiedeln. Sie nahmen Quartier im Haus ihrer Tochter Else in der »Negersiedlung«.

Martha absolvierte nach der achten Klasse eine Lehre als Spinnerin in der Görlitzer Volltuchfabrik. Irgendwann kehrte der Vater aus der Kriegsgefangenschaft zurück, krank und gebrochen. Es dauert nicht lange, bis die Familie ihn zur letzten Ruhe auf dem städtischen Gottesacker bettete. So ging denn das bescheidene Leben in der harten Nachkriegszeit dahin.

Auf der Hochzeit ihrer besten Freundin lernte Martha Ernst kennen. Der war Kraftfahrer in einem Görlitzer Baubetrieb. Es funkte, die beiden wurden ein Paar. Der großgewachsene, schlanke Mann mit den blauen Augen war Vollwaise: Sein Vater starb als Soldat beim Überfall auf Polen 1939, die Mutter unmittelbar nach Kriegsende. Ernst lebte seither bei der Großmutter und saß nach der Arbeit beim Onkel auf dem Kutschbock: Dieser führte ein Taxiunternehmen.

Kaum dass Martha, die Weberin, achtzehn geworden war, heiratete sie. Und dann begann das Kindermachen und Kinderkriegen. Mit der Regelmäßigkeit wie Ebbe und Flut wuchs und füllte und entleerte sich ihr Leib. Die Wohnung wurde zu klein, bis die Mutter, wie schon erwähnt, der stetig wachsenden Familie ihr Heim am Rande der Stadt überließ. Und dies, obgleich Elses anfänglich hohe Meinung über den arbeitssamen Schwiegersohn wegen der beiden Tätigkeiten als Kraftfahrer auf dem Bau und Taxifahrer beim Onkel sich kontinuierlich verschlechtert hatte. Sie hielt Ernst bald für einen selbstsüchtigen Pascha, der nur an sich und sein eigenes Wohlbefinden dachte und keinen Handschlag im Haushalt machte. Sie sah, wie ihre Tochter unter der Mehrfachbelastung litt. Sie war Mutter, Hausfrau und Hure, denn das vor allem schien ihrem Schwiegersohn wichtig. Martha musste ihm stets zu Diensten sein, wenn ihm danach war. Und ihm war immer »danach«. Ihn interessiert nicht einmal, ob sie ihre Regel oder vor kurzem erst entbunden hatte. Wenn ihm »so« war, bediente er sich, notfalls auch gegen Marthas Willen.

Nein, er schlug sie nicht, er trank auch nicht übermäßig, schon um nicht seine Fahrerlaubnis zu verlieren. Er ging nicht einmal fremd, was Martha angesichts seiner Rücksichtslosigkeit im Bett durchaus begrüßt hätte. Sie bedauerte sogar, dass es in der DDR keine Bordelle gab. Denn tobte sich Ernst bei anderen Frauen aus, ließe er sie wenigstens in Ruhe, wenn sie todmüde nach getaner Arbeit ins Bett sank.

Das alles teilte sie der Mutter keineswegs mit, sie fraß ihren Kummer in sich hinein. Doch ihre Mutter hatte Augen zu sehen und ein feines Gespür, was ihre Tochter, die inzwischen nicht mehr zur Arbeit in die Volltuchfabrik ging, bewegte und bedrückte.

Als Ernst eines Tages nach Rostock abkommandiert wurde, atmete Martha auf. Die zwei Wochen zwischen seinen Kurzurlauben empfand sie als Erholung. Nur noch das gelegentliche Weinen Sabines riss sie aus dem Tiefschlaf. Kein fordernder Schwanz weckte sie auf, den Ernst zwischen ihre Schenkel schob, wenn er von seiner zweiten Schicht als Taxifahrer nach Hause kam. Keine kalten Hände, die sich um ihre Brüste legten, sobald sie die Augen geschlossen hatte. Dreizehn Nächte ohne Auf- und Zudringlichkeiten … Was für ein Segen!

Die Nachbarschaft und nicht zuletzt die Mutter registrierten, dass der zierlichen Martha die Abwesenheit ihres Mannes auffallend gut bekam. Trennungsschmerz schien ihr fremd, und der Mann fehlte auch keineswegs als Arbeitskraft im Haushalt oder auf dem Grundstück, denn selbst wenn Ernst daheim war, musste Martha trotzdem alles allein bewerkstelligen. Der Mann wirkte wie aus der Zeit gefallen. Das Land unternahm alle Anstrengungen, um die jahrtausendealte Ungleichheit zwischen den Geschlechtern sukzessive zu überwinden. Doch die Gesetze waren das eine, das Zusammenleben in den Familien, der Umgang der Männer und Frauen miteinander das andere. Vater Staat kam nur bis zur Wohnungstür, was dahinter geschah, war auch im Sozialismus Mitte der 1960er Jahre privat.

Die Mutter fragte wiederholt bei ihrer Tochter nach, wenn bei ihr wieder etwas unterwegs war, ob sie denn nicht verhüte, ob ihr Ernst schon mal was von Kondomen gehört habe. »Pariser wird er doch wohl kennen, dieser schwanzgesteuerte Bock«, brach es einmal aus Else heraus, als der fünfte Junge unterwegs war. Dass es wieder ein Junge werden würde, war damals nicht absehbar, weshalb Martha nach der Frage der Mutter ihren Mann mit der Bemerkung verteidigte, dass er sich nichts so sehr wünsche wie ein Mädchen. »Vielleicht wird es ja diesmal eins.« Und auch sie hoffe für sich, dass es nun endlich ein Mädchen würde, womit sie in Aussicht zu stellen schien, dass danach »die Produktion« eingestellt werden würde.

Doch als auch das fünfte Kind ein Knabe war, vermochte dieses Argument bei der nächsten Schwangerschaft die Mutter nicht mehr zu überzeugen. »Mädchen, nun bestell endlich bei Doktor Kästner in Dresden die Frommser«, forderte sie Martha energisch auf. Das Privatunternehmen war das einzige seiner Art, das in der DDR Präservative »diskret« an alle versandte, denen der Erwerb in der Apotheke peinlich war. Jeder wusste, *wie* Kinder gemacht wurden, weil es doch auch fast jeder Erwachsene daheim im Ehebett tat. Aber wenn der Verkehr öffentlich wurde, indem man nämlich in der Apotheke Kondome verlangte, überfiel die meisten Menschen Scham, als würden sie etwas Unstatthaftes tun.

»Und dann? Ernst zieht nie und nimmer einen Gummifuffziger über. Ich kenne ihn doch. Der rastet aus, wenn ich ihm so ein Ding in Alufolie in die Hand drücke. Als ich jetzt wieder schwanger wurde, machte er mir zum ersten Mal Vorwürfe. Ich solle besser aufpassen, sagte er vorwurfsvoll. Was, ich!, habe ich ihn angeschrien, du ziehst ihn doch nie vorher raus, du musst ja jedes Mal voll abspritzen! – Weißt du, was er mir da geantwortet hat? Da müsse ich mir eben hinterher die Möse spülen und mich nicht gleich auf die Seite rollen und einschlafen. Damit war für ihn die Sache erledigt. Ich bin also schuld.«

So gehe das nicht weiter, erklärte Marthas Mutter empört. Ob sie schon mal mit dem Frauenarzt darüber gesprochen habe.

»Habe ich. Der hat mir was von einer Antibabypille erzählt, die seit 1960 in den USA auf dem Markt sei. Auch in der DDR wäre man dabei, so was zu entwickeln, er wisse aber nicht, wann es sie bei uns geben werde. Das wäre natürlich eine ideale Lösung, denn Ernst würde nicht mitbekommen, dass ich verhüte.«

»Und bis dahin willst du wieder schwanger werden, was?« Marthas Mutter war genervt. »Hast du mal wegen einem Pessar nachgefragt?«

»Davon riet er bei mir ausdrücklich ab. Zu aufwendig, zu kompliziert, und bei dem Rammler«, sie verdrehte die Augen, »vielleicht auch sinnlos. Ach, ich weiß mir keinen Rat mehr. Manchmal denke ich, es wäre besser, er bliebe für immer an der Küste.« Der Wunsch war vage und doch deutlich genug.

»Und sterilisieren? Wäre das nicht eine Lösung? Du lässt dir einfach die Eierstöcke rausnehmen oder was die sonst da machen, und Ruhe ist.«

Martha schaute irritiert. Nein, das wolle sie nicht. Das habe so etwas Endgültiges. Sie sei mal eben erst Anfang dreißig, zu früh, um ihre Frausein bereits zu beenden.

Ihre Mutter lachte hell auf. Sie solle doch mal logisch denken. Erstens: Wie viele Kinder wolle sie denn noch zur Welt bringen, für die sie sich ihr »Frausein« aufheben möchte? Dabei betont sie dieses Wort in einer Weise, aus der unschwer ironische Distanz herauszuhören war. Natürlich keins, gab sich Marthas Mutter selbst die Antwort, denn sie habe von ihr alles vernommen, nur nicht, dass sie nach diesem Kind unbedingt noch weitere zur Welt bringen möchte. Zweitens, und dabei wies Else lachend auf ihren eigenen Unterleib, sei irgendwann sowieso Schluss damit. Das habe die Natur nicht grundlos so eingerichtet. Mit einer Sterilisation würde Martha lediglich der Biologie vorgreifen, mehr nicht. Und drittens schließlich, und dabei überzog sie den Begriff neuerlich mit bitterem Hohn, würde sich »Frausein« nicht auf Fruchtbarkeit beschränken. Dazu gehöre noch einiges mehr. Ganz zu schweigen davon, dass ihr Ernst nichts, aber auch nichts davon merkte, sofern sie ihm den medizinischen Eingriff nicht selber gestehen würde. Aber warum sollte sie? Über andere Dinge spreche sie ja auch nicht mit ihm. Beziehungsweise er würde mit ihr über solche Dinge ohnehin nicht reden *wollen*. Der interessiere sich nur dafür, dass sie die Beine breitmache, wenn er es wünschte. Alles andere sei ihm doch scheißegal …

»Bist du nun endlich fertig«, ruft Ernst aus dem Wohnzimmer, nachdem er sich tatsächlich selbst ein neues Bier aus dem Kühlschrank geholt hatte.

»Nein«, ruft Martha und wieselt die Treppe hinauf. »Ich muss noch die Bande zur Ruhe bringen, ihre Klamotten einsammeln und in die Waschmaschine stecken.«

»Das kannst du doch auch morgen machen.« Die Stimme klingt ungehalten und gereizt.

Das gehe nicht, sagt sie, die Jungs sollen jetzt und nicht erst morgen schlafen. Und die Wäsche müsste noch heute in die Maschine, weil sie morgen den ganzen Tag Bettwäsche waschen wolle, sonst schliefen sie alle in der kommenden Woche unterm Inlett und auf blanker Matratze. Und dann, wenn alles trocken sei, müsse sie Klamotten, Laken und Bezüge bügeln. Zwischendurch, wenn die Waschmaschine ihre Arbeit verrichte, die Wäsche auf der Leine flattere und das Mittagessen koche, habe sie im Garten noch die Stachelbeeren zu pflücken und die Johannisbeeren zu entsaften, woraus sie Gelee koche. »Johannisbeergelee magst du doch auch so gern.« Eigentlich hatte sie Lust nachzuschieben, dass Ernst ja auch die Beeren pflücken könne, doch sie erinnert sich, dass er gesagt hatte, er wolle mit den Großen angeln gehen, was natürlich eine gute Ausrede ist, sich weder im Garten noch sonstwo nützlich machen zu können. Aber immerhin entlastet sie sein Angebot dennoch zweifach: zum einen ist sie drei Kinder einige Zeit los, zum anderen hat sie Ruhe vor seinen Nachstellungen. Wenn er im Haus wäre, würde er ständig um sie herumscharwenzeln und sie aufdringlich betatschen.

Allein die Vorstellung, was sie noch heute Abend erwartet, macht sie grausen. Sie würde wie gerädert und völlig ausgelutscht ins Bett sinken, und er erwartete eine feurige Gespielin, die ihn begehrte und aussaugte, bis er um Gnade winselte. Er konnte zwei und drei Mal hintereinander und ohne große Pause, und wenn die Lustschreie nur laut und spitz genug waren, ging es auch noch ein weiteres Mal. Anfänglich hatte sie ihm Verzückung trotz Müdigkeit vorgespielt und seine Eitelkeit bedient, indem sie jedes Mal bestätigte, dass er toll und ihre eigene Befriedigung riesig gewesen sei, weil sie in dem irren Glauben war, nun würde es zu Ende sein und er sie in Ruhe lassen. Aber genau das Gegenteil trat ein, alles begann wieder von vorn, eintönig und stumpf. Sie hatte mal beim Besamer einen Eber auf einen Holzbock springen sehen und beobachtet, wie sich der Beutel darunter füllte. Das dumme Schwein wurde des Irrtums nicht gewahr, wie auch: Er bohrte seinen dünnen, wie einen Korkenzieher gewundenen Penis in das dafür gemachte Loch in der Bank und penetrierte diese schnaufend, bis das Sperma aus ihm herausschoss, als hätte er eine lebende Sau bestiegen. Dieser tierische Reflex schien auch ihren Mann zu bewegen. Das war ein rein mechanischer Vorgang, rein und raus, und das so lange, bis es ihm kam. Ekelhaft.

Zwischen zwei »Nummern« war er kurzzeitig empfänglich für wichtige Informationen, was sie bewusst ausnutzte. Der Klaus brauche einen neuen Schulranzen, der alte lasse sich nicht mehr flicken, habe der Schuster gesagt. – In Ordnung, wie viel?, grunzte Ernst, und sie sagte: fünfzig, obgleich es auch zum halben Preis schon recht ordentliche Schultaschen gab, was er aber nicht wusste. Aber so musste sie den »Erzeuger und Ernährer« nicht noch wegen anderer Dinge anbetteln. Denn was er bei seinen Besuchen – aus seiner Sicht überaus großzügig – in die Haushaltskasse steckte, langte hinten und vorn nicht. Ernst hatte wahrlich keine Vorstellungen, was ein Haushalt mit sechs Kindern und zwei Erwachsenen kostete. Wenn die Mutter ihr nicht manchmal einen Schein zustecken würde, käme Martha nicht über die Runden. Sicher, die Jungs trugen nacheinander die Sachen auf, aber irgendwann zerbröselte auch das robusteste Beinkleid und löste sich der beste Lederschuh in Wohlgefallen auf.

Ernst verteilt sein Gehalt, das in bar in einer Lohntüte monatsweise gezahlt wird, gönnerhaft wie ein Gutsherr. Einen Teil gibt er Martha für die Haushaltskasse, den anderen behält er für sich. Wie groß sein Teil ist, vermag Martha nicht zu sagen, denn sie weiß weder, wie viel ihr Mann verdient, noch was er mit diesem Geld macht. Ob er ein Sparbuch führt oder irgendwo einen Sparstrumpf füllt, entzieht sich ihrer Kenntnis. Sicher, das Leben in Rostock kostet, aber die Geheimniskrämerei besteht seit der Hochzeit, nicht erst, seit Ernst an der Küste ist.

Sie steckt die Nase durch die Tür des ersten Kinderzimmers. Die beiden Großen liegen unter der Decke, als könnten sie kein Wässerchen trüben, und dabei drang ihr Geschrei bis vor kurzem noch durchs ganze Haus. Martha sammelt die auf dem Boden herumliegenden Kleidungsstücke in einen Korb und weist an, dass die beiden morgen frische Unterwäsche und Sachen anziehen sollen, weil Sonntag ist und sie mit ihrem Vater angeln gehen, der würde sich vor den anderen Anglern schämen, wenn sie die schmutzigen Klamotten trügen. Dann drückt sie jedem Kind einen Kuss auf die Stirn, wünscht Gute Nacht und löscht das Licht.

Die drei Kleinen nebenan schlafen bereits. Der Dreijährige nuckelt am Daumen, während seine Brüder mit dem Gesicht zur Wand liegen. Auch hier sieht es aus wie Kraut und Rüben oder wie man sagt: wie bei Hempels unterm Sofa. Martha bückt sich nach dem Spielzeug und legt es leise in die Holzkiste. Dann klaubt sie die Sachen auf und legt sie in den Wäschekorb zur anderen Wäsche. Leise schließt sie die Tür und geht hinunter in die Küche.

Bereits auf der Treppe vernimmt sie Sabines Greinen. »Ernst, kannst du ihr mal den Nuckel in den Mund stecken?«, ruft sie im Hinuntergehen, doch der Mann stellt sich taub. Wütend stellt sie den Korb mit der Schmutzwäsche auf den Küchentisch und geht selbst ins Schlafzimmer. Ihr strafender Blick im Vorübereilen prallt an ihrem Mann ab. Der sitzt wie eine beleidigte Leberwurst auf dem Sofa und grunzt vorwurfsvoll: »Wie lange soll ich denn noch auf dich warten!« Dann nimmt er einen Schluck aus der Flasche.

Wie vermutet liegt der Nuckel auf dem Kopfkissen. Martha steckt ihn in Sabines saugenden Mund. Am unteren Gaumen schimmert es Weiß durch die rosa Haut. Na, denkt sie sorgenvoll, das Zahnen beginnt bald, da blüht mir wieder was. Als die Jungs ihre Milchzähne bekamen, schlief sie keine Nacht durch. Und bei Sabine wird's vermutlich nicht anders kommen. Während sie stillte, konnte sie nie durchschlafen, beim Zahnen ebenfalls. So läuft das im steten Wechsel seit nunmehr elf, zwölf Jahren. Wann endlich würde es ein Ende damit haben?

»Kommst du nun endlich!«

Diese ungehaltene Stimme nervt noch mehr als plärrende oder tobende Kinder.

»Ja doch!«

Sie geht in die Küche, wo die Waschmaschine steht. Sie wirft die Buntwäsche in die WM 60, die gerade mal anderthalb Kilo fasst, lässt Wasser einlaufen, streut Waschpulver hinein und stellt auf »Heizen«. In etwa fünfzehn Minuten muss sie auf dem Handthermometer die Laugentemperatur ablesen, ob die dreißig Liter etwa sechzig Grad haben, dann schaltet sie auf »Waschen«. Bis vor kurzem wusch sie alles noch mit der Hand, in der Waschküche im Hausanbau stand der große Waschkessel überm Feuerloch. Darin kochte sie vor allem die Baumwollwindeln, die sie dann anschließend draußen auf der Leine trocknete. Wenn's Spinat gab, waren die Flecken besonders hartnäckig, aber bei mehreren Kochgängen um die hundert Grad verschwanden auch diese nach und nach.

Auf dem Waschbrett rubbelte sie die Kleidungsstücke der ganzen Familie durch, die scharfe Lauge verätzte ihr jedes Mal die Hände. Es brannte wie Feuer in den aufgerieben Knöcheln, und dann, nach dem Spülen, bis das Wasser klar blieb, musste sie alles auswringen bis auf den letzten Tropfen: Unterhemden, Windeln, Bettlaken, eben alles. Wringen war das Schwerste. Oft konnte sie kaum noch greifen und die die Hände fest schließen, so fertig war sie vom Waschen und Spülen. Doch das Wasser musste raus, sonst wurde die Wäsche auf der Leine nie trocken. Gewiss, im Sommer, wenn die Sonne schien und ein laues Lüftchen blies, konnte die Wäsche durchaus tropfnass auf die Leine. Aber drei Viertel des Jahres war eben nicht Sommer. Und im Winter war es besonders schlimm, wenn der Frost kam. Dann nahm sie die Handtücher und Laken wie Bretter von der Leine, trug sie in die Küche und ins Wohnzimmer und breitete sie auf Stühlen am Ofen auf, dass sie tauten. Danach bügelte sie die Wäsche trocken, legte sie zusammen und sortierte sie in Schränke und Kommoden. Und zwischendurch kochte sie das Essen für die Kinder, schaute nach ihren Hausaufgaben und klebte Pflaster auf die Wunden …

Zwei Hände legen sich schwer auf ihre Brüste. Ernst steht hinter ihr und umfasst sie von hinten. Martha spürt den Bierdunst im Nacken und am Hintern sein hartes Glied in der Hose. Er drückt und knetet sie. »Nicht, Ernst, lass das, bitte. Ich bin noch nicht fertig«, wehrt sie ab. Es ist sinnlos. Auch der Hinweis, dass die Großen noch nicht schliefen, wird ihn nicht bremsen. Das weiß sie. Er gibt erst Ruhe, wenn er seinen Willen bekommen hat. Ernst drängt und drückt sie über die klobige Waschmaschine, er schnauft und fummelt und schiebt ihr die Kittelschürze über den Hintern nach oben. Mit einem Ruck reißt er den Schlüpfer nach unten. Stumm lässt sie alles über sich ergehen. Erst als er sein Glied in ihre trockene Scheide zu schieben versucht, schreit sie auf. »Du tust mir weh«, ruft sie. Und da es ihm offenbar ebenso ergeht, zieht er zurück. Sie hört, wie er in die Hand spuckt und sich seine Eichel schmiert, dann setzt er neu an. Es schmerzt noch immer, als er in sie dringt, doch sie beißt die Zähne aufeinander. Es ist alles so widerwärtig, so ekelhaft, so niederträchtig. »Beug dich weiter nach vorn«, herrscht er sie an, er will so tief wie möglich in sie eindringen.

Martha liegt bäuchlings auf der Waschmaschine, Wärme beginnt aufzusteigen, sie spürt sie durch Schürze und Unterrock.

Der Kerl hinter ihr beschleunigt den Rhythmus, er japst und schnauft, sie weiß, gleich wird es ihm kommen und fürs Erste vorbei sein. Dann wird er fragen: »Na, wie war's? Das hat dir doch bestimmt gefehlt?« Er wird sein Ding ungewaschen in seiner Hose versenken, sich ein Bier aus dem Kühlschrank holen, auf das Sofa werfen und alsbald wieder rufen: »Schatz, kommst du ein bisschen zu mir?« Und nach wenigen Minuten beginnt das Ganze erneut. Diesmal von vorn. Ach, wie sie das alles anwidert.

Sie spürt, wie es warm in sie einschießt. Na endlich, denkt sie, und hält sich die Ohren zu, denn seine Schreie, wenn es ihm kommt, lassen das Trommelfell schmerzen, wenn man die Ohren nicht beizeiten schützt.

Er verharrt nur einen kurzen Augenblick. »Na, wie war's? Das hat dir doch bestimmt gefehlt.«

Sie reagiert darauf nicht.

Er zieht zurück, steckt seinen Schwanz in die Hose und geht zum Kühlschrank. Martha zieht ihren Schlüpfer über die Knöchel und geht, diesen in der Hand haltend, hinüber ins Bad. Sie merkt, wie ihr das Ejakulat an den Innenseiten der Schenkel hinabläuft. Der Ekel durchfährt sie, sie könnte sich erbrechen, steckte sie sich den Finger in den Rachen. Warum lässt sie das mit sich machen?

»Schatz, kommst du noch ein bisschen zu mir?«, kommt es aus dem Wohnzimmer. Sie tut so, als höre sie den Satz nicht, während sie den Waschlappen unter den Wasserhahn hält. Anschließend reibt sie sich trocken. Sie überlegt, ob sie den Schlüpfer wieder anziehen oder es besser sein lassen soll. Er ist doch ohnehin überflüssig. Aber der Idiot könnte ihre Blöße als Einladung interpretieren und sich in seinem irrtümlichen Wahn bestätigt sehen: Die will *das* doch auch!

Sie steigt in die Unterhosen und streicht sich die Schürze glatt. Im Spiegel sieht sie eine müde, alte, verhärmte Frau.

Das Thermometer steht bei fünfzig Grad, wie der prüfende Blick in der Küche offenbart.

»Kommst du?«

Schon wieder. Sie kann nicht mehr. »Fünf Minuten noch. Ich muss erst warten, bis die Waschmaschine die Temperatur hat.«

»Lass doch die blöde Waschmaschine. Wir wollen es uns gemütlich machen.«

Gemütlich machen! Wenn sie das schon hört. Es ist die dämlichste Umschreibung fürs Vögeln.

»Nun warte doch, ich bin gleich so weit.«

»Ich schon lange«, kommt das Echo, gefolgt von einem Lachen. Ernst wird jetzt heiter. Er findet sich komisch.

Jaja, erwidert sie, und das kling wie »blabla«.

Hat da nicht die Kleine geschrien? Martha läuft ins Schlafzimmer und knipst das Licht an. Sabine hält sich die kleinen Hände vor die Augen, sie weint. Nun geht's los, Martha weiß Bescheid. Sie legt ihr die Hand auf die Stirn. Nein, die Temperatur ist nicht erhöht. Also bleibt nur eines: geduldig ausharren, bis die Zähne durch sind. Sie schiebt der Kleinen den Nuckel wieder ins Mündchen, verfolgt aufmerksam, wie der Plastikring auf und nieder tanzt. Ein leichtes Lächeln huscht über ihr Gesicht, dann löscht Martha das Licht und schließt leise die Tür.

»Kommst du?«

»Gleich. Und sei nicht so laut, sonst schläft die Kleine nicht ein. Sie bekommt übrigens Zähnchen.«

»Haben wir alle gekriegt. Wo liegt das Problem?«

»Das wirst du heute Nacht schon hören.«

»Dann schlaf ich gleich auf dem Sofa. – Wann kommst du endlich.«

»Sobald das Wasser sechzig Grad hat. Habe ich dir doch schon gesagt.«

»Bring mir noch ein Bier mit, wenn du kommst.«

»Das ist heute schon dein fünftes.«

»Ach, jetzt hältst du mir schon mein Feierabendbier vor. Das ist doch noch die einzige Freude, die ich habe.«

Jetzt kommt die Mitleidsmasche. Martha kennt das. Es ist alles bei ihm ritualisiert, es läuft wie ein Programm: das Bumsen, die Dialoge, die Gefühlswallungen, die Ausbrüche. Eben alles. Nichts Neues. Wenn er sie denn mit einer Abweichung mal überraschen würde, wäre es nicht so schmerzend langweilig. So aber spult er das stets gleiche Estradenprogramm ab. Es ist gänzlich frei von Improvisation oder gar spontanen Einfällen.

»Deine einzige Freude hattest du soeben in der Küche.«

»Was, wo? Ich kann mich nicht erinnern. Was soll da gewesen sein?«

Jetzt kommt die Phase mit der Amnesie. Auch die ist fester Bestandteil des Repertoires. Da Martha auf seine Bemerkung nicht reagiert, meint er, nachlegen zu müssen. »Ja, ich entsinne mich jetzt. Ich habe mir ein Bier aus dem Kühlschrank geholt und geöffnet, als du oben bei den Kindern warst.«

»Ich war bereits wieder unten.«

»Und mir ging er hoch. Hahaha.« Er findet sich mal wieder saukomisch. »Er ging hoch und stand wie eine Eisenbahnschranke. Hahaha.«

Mann, ist der bescheuert. – Martha schaut aufs Thermometer. Der blaue Balken nähert sich der Sechzig, sie legt den Schalter auf »Waschen«. Die Welle auf dem Grund des Bottichs beginnt sich zu drehen, eine halbe Stunde wird sie das Wasser bewegen. Dreißig Minuten. Das reicht für Ernst allemal.

Sie geht hinüber ins Zimmer und lässt sich neben ihren Mann auf die Couch fallen.

»Na, Ernst, gibst du mir einen Schluck ab?«

Er reicht ihr grinsend die Flasche. »Endlich hast du mal Zeit für mich.« Er mustert sie wohlgefällig wie sein Eigentum und prüft kritisch dessen Werteverfall. »Martha, du solltest dich nicht so gehen lassen und mehr auf dein Äußeres achten. Die Krähenfüße an den Augen vermehren sich beim Zuschauen, die Falten auf der Stirn … Und an den Schläfen sehe ich die ersten grauen Haare. Du solltest sie färben.«

»Sonst noch was?«

»Das werde ich gleich feststellen.« Er langt nach ihr und schiebt seine rechte Hand unter die Kittelschürze. Sie hält die Beine fest geschlossen und rührt sich nicht.

»Komm, zier dich nicht so.«

»Du hattest doch schon gerade …«

»Das war doch nur die Probenummer. Jetzt erst kommt die richtige, auf die ich mich schon seit vierzehn Tagen freue.«

»Ach, Ernst, lass es doch gut sein für heute. Ich bin müde und habe dabei keinen Spaß.«

»Nur noch einmal …« Er hört überhaupt nicht zu.

Gut, denkt sie, dann knall ich es dir eben so vor den Latz. »Ich bin schwanger!«

Das saß. Der Mann lässt sich wortlos nach hinten fallen und glotzt wie ein Frosch die Wand an.

Sechsmal hat Martha ihm eine solche Nachricht überbracht, aber noch nie reagierte er darauf derart schreckhaft. Beim letzten Mal, als sie mit Sabine schwanger ging, war er zwar bereits abweisend und verärgert. Doch diese Reaktion liegt eine Stufe darüber. Er braucht geraume Zeit, um sich zu sammeln. Schließlich bewegt er den Kopf hin und her, links, rechts, links, rechts. »Nein.«

»Was: nein? Ich war beim Arzt, ich bin bereits in der elften Woche.« Marthas Stimme ist ohne jede Färbung, völlig neutral, keine Freude, keine Missfallen. Es ist, wie es ist. Schicksal eben. »Ich habe auch schon einen weiteren Termin bei der Schwangerenberatung.«

»Nein. Noch ein Balg kommt mir nicht ins Haus. Sechs reichen mir, basta!«

»Du hast dich um die sechs nicht gekümmert, da wird dir doch auch das siebte Kind egal sein. Auf einen Esser mehr oder weniger kommt es nicht an. Oder ist es dir ums Geld leid? Kindergeld zahlt Vater Staat.«

»Die paar Kröten …«

»Also geht's dir wirklich ums Geld.«

»Warum hast du nicht aufgepasst?«

»Jetzt geht das schon wieder los. Du hättest genauso gut aufpassen können. Zum Kindermachen gehören nämlich immer zwei.«

»Lass es wegmachen!«

»Du spinnst wohl. Ich gehe doch zu keiner Engelmacherin.«

»Dann lass dir etwas anderes einfallen. Ich will das Kind nicht. Aus und Ende.«

»Warum nicht?«

»Ich will darüber nicht reden.« Ernst erhebt sich und schlurft in die Küche. »Ich brauche jetzt einen Schnaps.«

»Typisch. Wenn es etwas Ernsthaftes zu bereden gibt, kneifst du und haust ab.«

»Ich haue weder ab noch kneife ich, ich will nur einen Schnaps.« Es knallt die Kühlschranktür, dann steht er mit einer Flasche Klaren im Türrahmen. Er zieht den Korken mit den Zähnen aus dem Hals der halbvollen Flasche und spuckt diesen ins Zimmer. Das heißt: Er will die Pulle aussaufen.

Er setzt die Flasche an die Lippen und nimmt einen Hieb. Die Luftblasen schwimmen durch die Flüssigkeit und lösen sich an der Oberfläche in Nichts auf. Ernsts Kehlkopf tanzt auf und nieder. Dann setzt er die Flasche langsam ab. Mit dem Handrücken reibt er sich über die feuchten Lippen. Auf Marthas Frage, ob er sich nun besser fühle, reagiert er nicht. Stattdessen nimmt er einen zweiten großen Schluck.

Dann mustert er sie, seine Blicke durchdringen sie wie Dolche. »Du alte, dumme, saublöde Fotze. Warum tust du mir das an?«

Martha schweigt. Soll sie auf diese Demütigung reagieren? Sie hat doch auch nicht auf die anderen Beleidigungen, auf die verbalen wie die tätlichen Angriffe reagiert. Lerne leiden, ohne zu klagen, hatte sie von ihrer Großmutter gehört, nie jedoch von ihrer Mutter. Die war selbstbewusster und couragierter. Vielleicht, weil sie schon seit über anderthalb Jahrzehnten allein und ohne Mann lebte? Vielleicht weil in dieser Hinsicht Vater anders war? Martha weiß es nicht. Sie weiß sich keinen Rat.

»Ich habe dir nichts ›angetan‹. Und nenn mich nicht ›Fotze‹.« Die Stimme ist leise, aber durchaus vernehmbar.

Die Reaktion ist Gelächter. Die Heiterkeit ist gekünstelt und eine Spur zu laut. Ernst ist nicht nur nicht mehr nüchtern, sondern erkennbar unfähig, mit der Situation und Marthas Widerspruch umzugehen. Er leert die Flasche und trägt sie in die Küche. Dann kommt er ins Wohnzimmer geschossen und stürzt sich auf Martha. Er will ihr die Kittelschürze vom Leib reißen, doch sie wehrt sich erfolgreich. Sie greift ihm hart in den Schritt, wie sie nasse Windeln nach dem Spülen auswringt. Sie drückt fest zu, dass Ernst vor Schmerz aufschreit. Ihre ganze Kraft legt sie in diesen Griff, die in Jahren angewachsene Wut fließt in die Hand. Erst als Ernst zu winseln beginnt, lockert sie die Schraubzwinge und zwängt sich unter ihm hervor. Wortlos geht sie ins Schlafzimmer und tut etwas, was sie ebenfalls noch nie zuvor tat: Sie dreht den Schlüssel in der Tür und schließt sich ein.

Als Ernst wenig später gegen die versperrte Tür wummert und laut fordert, diese aufzuschließen, bleibt Martha hart. Er habe doch wegen Sabines Zähnchen ohnehin auf der Couch schlafen wollen, das könne er ja nun, ruft sie durch die Tür.

Am nächsten Morgen ist Martha mit den Kindern beschäftigt, so dass sie kein Auge für ihren Mann hat. Der schiebt stumm beim Frühstück seine Marmeladenstullen in sich hinein und trinkt seinen Muckefuck. Dann schnappt er sich das Angelzeug und macht sich mit den älteren drei Söhnen zur Neiße auf. Martha packt ihnen Stullen ein und sagt, dass es am Abend, wenn sie wieder heimkämen, warmes Essen geben würde. Dann ist sie mit ihrer Arbeit und ihren anderen drei Kindern allein.

Sie hadert inzwischen mit sich, ob sie nicht doch zu abweisend und streng zu Ernst gewesen ist. Sie redet sich ein, nicht nachsichtig genug gewesen zu sein. Der Mann ist zwei

Wochen von der Familie weg, da müsse sie doch verstehen, wenn er sie so fordernd bedrängte. Begehrte er sie so, wenn er sie nicht liebte? Vergessen die Rücksichtslosigkeit, kein Gedanke daran, dass Ernst unfähig ist, sich in die Lage anderer Menschen, etwa in ihre Lage, zu versetzen. Martha wähnt sich schuldig.

Am Abend, nach dem Essen, versöhnt sie sich. Ernst besteigt sie rücksichtslos. Kein Wort verliert er über den unmittelbaren Grund der gestrigen Auseinandersetzung. Mit Schweigen scheint er die Schwangerschaft aus der Welt bringen zu wollen, und auch Martha sagt dazu keine Silbe mehr. Sie erträgt widerspruchslos den Verkehr, auch wenn sie immer wieder unmittelbar danach in Tiefschlaf sinkt, aus dem sie wenig später entweder durch neuerliches Bedrängen oder Sabines Schreien geweckt wird. Am Morgen fühlt sie sich wie gerädert, als habe sie kein Auge zugetan. Ernst hat sich bereits gegen sechs Uhr mit dem Moskwitsch des Betriebes vom Hof gemacht. Fast ist Martha ihm dankbar, dass er darauf verzichtet hat, sie zum Abschied zu wecken. Jetzt hat sie wieder zwei Wochen Ruhe vor ihm. Doch angesichts ihrer täglichen Verpflichtungen vergehen diese vierzehn Tage wie im Fluge.

Und nun kommen noch weitere Verpflichtungen hinzu. Übermorgen hat sie Termin bei der Schwangerenberatung. Sie muss Sabine dorthin mitnehmen, weil sie noch keinen Krippenplatz für sie hat. Und Mutter will sie nicht bemühen, zumal sie ihr dann vermutlich auch den Grund nennen müsste. Das Donnerwetter, welches dann über sie herniederginge, möchte sie sich ersparen.

Die drei Großen sind in der Schule, die anderen beiden Jungen liefert sie im Kindergarten ab. Das hat sie so mit den Erzieherinnen abgesprochen: Wenn Not am Mann ist, darf sie die Kinder stundenweise dort abliefern. Man hilft sich in der Siedlung gegenseitig.

Am Mittwoch sitzt Martha mit Sabine im Schoß in der

Luisenstraße. Das Wartezimmer ist wie immer bis auf den letzten Stuhl gefüllt. Die beiden Ärzte, die zwei Fürsorgerinnen und drei Sprechstundenhelferinnen haben alle Hände voll zu tun. Nicht nur die Schwangeren der Stadt finden sich hier regelmäßig ein. Auch aus den Dörfern der Umgebung kommen sie. Die medizinische Betreuung der werdenden Mütter beginnt, sobald die Schwangerschaft festgestellt ist. Die Besuche erfolgen zunächst alle drei bis vier Wochen, ab der 32. Schwangerschaftswoche alle vierzehn Tage. Und wenn der Geburtstermin überschritten werden sollte, dann jeden zweiten Tag. Hier erfolgen auch die routinemäßigen Überweisungen zu den Fachärzten.

Die angehende Mutter erhält einen »Ausweis für Schwangere und Wöchnerinnen«, in der regemäßig die Befunde – vom Körpergewicht über Blutdruck bis hin zur Kindslage – vermerkt werden. Das Dokument haben die Frauen stets bei sich zu führen. In Verbindung mit dem Personalausweis kann es ganz nützlich sein. Und sei es nur, um sich an die Spitze einer Warteschlange zu setzen. Man benötigt es natürlich auch im Betrieb, wenn man in die gesetzlich vorgeschriebene und bezahlte Freistellung eintritt.

Diesen Ausweis will sich Martha heute besorgen.

Der Warteraum ist eine Nachrichtenbörse. Sie hebt das ärztliche Schweigen auf. Wer hier sitzt, ist seines »Leidens« überführt. Die Wartenden haben ein wachsames Auge insbesondere für die Neuankömmlinge und die bekannteren Gesichter. Ach, die Frau Pfarrer, wer hätte das gedacht. Und die Schwester vom Bürgermeister. Was, die sechzehnjährige Tochter vom Schulleiter auch …? Jaja, der Volksmund sagt nicht grundlos: Lehrers Kinder, Müllers Vieh, gedeihen selten oder nie.

Stammgast Martha erfreut sich dieser Aufmerksamkeit nicht. Ihre Anwesenheit hat mangels Neuigkeit und Prominenz keinen Nachrichtenwert. Der Einzige, der aus den Wolken fällt, ist der Arzt.

Er wackelt sorgenvoll mit dem Kopf. »Martha, Martha, hatten wir nicht beim letzten Kind gesagt, es solle das letzte sein?«

»Ja, Herr Doktor, aber was soll ich denn machen?«

»Verhüten.«

»Aber es gibt doch noch nicht die Antibabypille, von der sie damals sprachen.«

Der Arzt schweigt und legt ihr die Manschette zum Messen des Blutdrucks an. Die gründliche Untersuchung fördert nichts Bedenkliches zutage, alle Befunde sind normal. Dennoch …

»Und Sie wollen das Kind austragen?«

»Ja, was bleibt mir denn anderes übrig?«

»Stimmt. Medizinische Gründe, die dagegen sprechen, liegen nicht vor. Nur eben soziale. Aber die sind nicht ausreichend, um die Schwangerschaft abzubrechen. – Sie können sich wieder anziehen.« Der Doktor erhebt sich und geht zum Waschbecken in der Ecke des Zimmers. »Und was sagt Ihr Mann dazu?«

Martha zieht die Augenbrauen nach oben und macht eine unbestimmte Geste mit der rechten Hand, die der Doktor im Spiegel über dem Waschbecken wahrnimmt. »Verstehe, wie immer.«

Dann setzt er sich an den Schreibtisch und füllt die Klappkarte aus, unterschreibt und drückt den Stempel auf seine Unterschrift. Nach einem Blick in den Kalender notiert er ein Datum in die letzte Spalte im Innenteil, der das Wort vorangestellt ist: »Wiederbestellt am …«

»So, wir sehen uns dann in zwei Wochen wieder.« Er schiebt ihr das Dokument zu und erhebt sich. »Auf Wiedersehen und viel Glück. Das werden Sie künftig noch mehr gebrauchen. – Das Scheckheft für die Sozialversicherung lassen Sie sich von Schwester Irene geben, damit Sie Ihren ersten Zuwendungsbetrag ausgezahlt bekommen. Na, Sie wissen, wie das alles läuft, es ist ja nicht Ihr erstes Kind.«

Dann sind wieder die zwei Wochen vorbei und Ernst kommt auf Kurzurlaub. Nein, sie hat keine guten Nachrichten für ihn oder präziser: das, was er für eine gute Nachricht hielte. Sie ist unverändert schwanger und von inneren Widersprüchen zerrissen. Inzwischen muss sie sich an jedem Morgen übergeben, ohne dass die Kinder es merken. Das alles hat sie sechs Mal durch. Sie kennt alle Begleiterscheinungen wie auch die Veränderungen des Körpers.

Ernst wirft alle Papiere ins Feuer, als würde damit die Schwangerschaft aus der Welt gebracht. Wir haben ja noch ein paar Wochen Zeit, irgendwas wird uns schon einfallen, sagt er jedes Mal, bevor er wieder abreist, nicht ohne sich zuvor an der schwangeren Martha erleichtert zu haben. Das Kind wächst und lässt ihren Leib anschwellen, was die lockere Kittelschürze in der ersten Zeit noch kaschiert. Weitaus mehr quält sie die Furcht, von der Beratungsstelle aufgefordert zu werden, sich wieder dort vorzustellen. Mit weichen Knien wankt sich täglich zum Briefkasten am Gartentor. Doch merkwürdigerweise liegt nie ein Mahnbrief dabei. Was sie nicht wissen kann: Der Doktor ist versetzt worden und Schwester Irene, die die Akten in der Schwangerenberatung führt, hat geheiratet und ist zu ihrem Mann gezogen. So merkte denn niemand, dass Martha dem Termin fernblieb, und folglich gab es auch keinen neuen. Es ist ohnehin bis dato nie passiert, dass eine werdende Mutter, die sich hier vorstellte, dann nicht wieder kam. Schließlich hat jede von ihnen ein persönliches Interesse, dass die Schwangerschaft unter medizinischer Kontrolle verläuft.

So kommt es, dass dort niemandem Marthas Ausbleiben auffällt. Der Nachbarschaft bleibt die neuerliche Schwangerschaft verborgen. Selbst der Mutter kann sie die wachsende Leibesfülle verheimlichen, indem sie sich eine Gummibinde um Bauch und anschwellende Brüste schnürt, bis ihr die Luft ausbleibt. Die Mutter moniert zwar, dass Martha blass und nicht gesund aussehe, doch die erklärt es zunächst damit, dass Sabine zahnt, weshalb sie kaum zur Ruhe komme, und dann mit der vielen Arbeit im Haushalt und Ernsts Abwesenheit. Beim letzten Punkt bricht natürlich die Mutter in sarkastische Heiterkeit aus. Denn ob dieser Faulpelz nun in Görlitz oder auswärts sei, mache keinen Unterschied, höhnt sie. Der sei nun mal ein Egoist und Schmarotzer.

Martha badet ihren Unterleib in heißem Wasser, sie springt vom Küchentisch und lässt sich von Ernst, der inzwischen wieder in den Betrieb nach Görlitz zurückgekehrt ist, rücksichtslos rammeln, dass ihr die Eingeweide schmerzen. Nichts. Ihre Hoffnung auf vorzeitigen Abgang und eine Fehlgeburt erfüllt sich nicht.

Nachts wacht sie mitunter schweißgebadet auf, die Angst vor der Zukunft schnürt ihr die Kehle. Sie heult in ihr Kopfkissen, damit Ernst nicht wach wird. Nicht immer gelingt das. Er beschimpft sie, statt sich nach dem Grund ihrer Erregung zu erkundigen. Sie solle gefälligst die Klappe halten, er müsse – im Unterschied zu ihr – beizeiten wieder raus und in den Betrieb, während sie sich noch mal auf die Seite drehen könne. Das ist, natürlich, blanker Unsinn, und selbst wenn es so wäre, hätte Martha dazu nicht nur Grund, sondern auch alles Recht der Welt. Sie ist der Sklave, nicht er.

Als sich der dicke Bauch nicht mehr verbergen lässt, sorgt Ernst dafür, dass sie nicht mehr aus dem Haus geht. Niemand soll die Hochschwangere sehen. Ernst macht notgedrungen die Besorgungen, er kauft ein und erklärt auf Nachfrage der verwunderten Nachbarn, Martha läge mit einer schweren Grippe krank darnieder.

Auch den Großen bleibt die körperliche Fülle ihrer Mutter nicht verborgen. Der Älteste bemerkt beim Frühstück in ahnungsloser Offenheit, dass die Mama in der letzten Zeit ganz schön dick geworden sei, vielleicht solle sie sich beim Essen besser ein wenig zurückhalten. Der Vater haut sofort in diese Kerbe. Jaja, das habe er ihr auch schon gesagt, deshalb traue er sich mit ihr auch nicht mehr vors Haus. Erst wenn sie wieder ein wenig schlanker sei, würde er mal wieder mit ihr und der ganzen Familie ausgehen.

Martha zählt die Wochen bis zu ihrer voraussichtlichen Niederkunft. Das Kind in ihrem Bauch trommelt mit Füßen und Beinen, sie spürt, wie sich das Leben regt. Sie schnürt sich und fürchtet, zusammen mit dem Ungeborenen zugrunde zu gehen. Bald ist es keine Furcht mehr, sondern fast Hoffnung, weil das eine bessere als jene Lösung wäre, die Ernst angedeutet hat. Denn auf die Frage, was mit dem Kind werden solle, wenn es denn regulär und lebend zur Welt käme, hatte er den Daumen seiner rechten Hand wie eine Sichel an seinem Hals vorbeigeführt und dabei die Augen verdreht. Das kam für Martha überhaupt nicht in Frage. Sie wollte nicht zur Mörderin werden. Aber was soll, was kann sie tun? Ein siebtes Kind im Haushalt, das auf solche massive Ablehnung des Vaters stößt, hätte keine Zukunft. Und sie auch nicht. Wenngleich ihr klar ist, dass Ernsts Bequemlichkeit ihre Lebensversicherung ist. Als Witwer oder verlassener Ehemann mit sechs Kindern zu enden, würde er schon zu verhindern wissen.

Eine Grippewelle durcheilt das Land und macht auch um Görlitz keinen Bogen. Für Ernst ist das ein Gottesgeschenk: Er hat eine Begründung, seine Frau ins Bett zu stecken und sich selbst im Betrieb freistellen zu lassen. Er lässt sich krankschreiben, um seine vermeintlich krank darniederliegende Frau zu pflegen und um die Kinder zu versorgen. Der tatsächlich an der schweren Virusgrippe erkrankten Schwiegermutter erteilt er Hausverbot, damit sie seine Familie nicht anstecke, und überzeugt sie, nach ihrer Genesung zu ihrem Bruder zu reisen. Der wohnt auf einem Dorf unweit Neubrandenburgs und arbeitet in der Landwirtschaft. Ein paar Wochen frische Luft werden ihr gewiss gut tun, sagt Ernst, und die Schwiegermutter ist völlig überrascht von so viel Fürsorge und ahnt nicht im Geringsten den hinterhältigen Grund. Sie folgt dem Vorschlag und verreist.

Den Kollegen im Betrieb fehlt Ernst, sie müssen seine Arbeit mit übernehmen, was niemand gern tut, zumal wenn es sich wochenlang hinzieht. Ab und an erscheint er, um in der Betriebspoliklinik den Krankenschein verlängern zu lassen. Die Leitung sieht zwar ungern durch die Finger, aber man tut es: Erstens gehört Ernst zu den verlässlichen, engagierten Kraftfahrern, weshalb man nicht päpstlicher als der Papst sein möchte, und zweitens kennt man das Los kinderreicher Familien, wenn die Mutter ausfällt.

Schließlich ist Sommer, in der Schule gibt es Zeugnisse, und es werden die Koffer fürs Betriebsferienlager gepackt. Drei Wochen ist er die Großen los, sie werden sich in Prerow auf dem Darß erholen und nicht stören. So kann er in Ruhe das Problem final lösen, das seit nunmehr fast neun Monaten in ihrem Hause wohnt. Ernst bringt die Kinder zum Stellplatz. Im vorigen Jahr hat er den Betriebsbus an die Küste selbst gesteuert, das macht jetzt ein anderer. Er drückt die Kinder zum Abschied, schiebt die Koffer in den Anhänger, der an den Bus gekoppelt ist, winkt ein letztes Mal und eilt nach Hause.

In der Nacht reißt ihn ein spitzer Schrei aus dem Schlaf, Martha rüttelt ihn an der Schulter. Es gehe los, sagt sie, die Wehen beginnen.

Ernst hievt sie aus dem Bett und wirft ihr den Bademantel über. Sie müssen ins Waschhaus, wo er alles vorbereitet hat. Dort liegt seit Tagen schon eine Matratze, er hat Verbandsmull deponiert, Zwirn, Handtücher und Laken, Lappen und Gefäße, eine Schere zum Durchtrennen der Nabelschnur, denn das Kind müsse er, so oder so und auf jedem Fall, davon befreien. Martha hat Ernst den Ablauf einer Geburt geschildert, damit er das tut, was üblicherweise die Hebamme oder notfalls ein Arzt erledigt, falls ihr die Sinne schwinden.

Er schleppt die Stöhnende hinüber. Schweiß perlt von ihrer Stirn, sie spürt einen stechenden Schmerz im Unterleib und sieht bereits Sterne. Der Puls rast und der Kreislauf scheint zu kollabieren. »Ernst, das ist diesmal ganz anders als bei den sechs Mal zuvor. Da stimmt was nicht.«

»Komm, sei still, das wird schon wieder. Das kriegen wir geregelt«, redet Ernst beruhigend auf seine Frau ein. Er ist nicht plötzlich mitfühlender und sensibler geworden, das tut er nur aus Gründen des Selbstschutzes. Er wird ums Verrecken weder einen Arzt rufen oder Martha ins Krankenhaus bringen. Denn dann flöge alles auf, und er hätte nicht nur ein Kind mehr, sondern womöglich auch noch anderen Ärger, den er auf keinen Fall haben möchte.

»Ruhig, pscht«, beruhigt er Martha, die leblos in seine Armen hängt. »Wach werden«, ruft er mit gedämpfter Stimme und schüttelt sie durch.

Sie kommt wieder zu sich. »Ich gehe drauf, ruf die Schnelle Medizinische Hilfe«, barmt sie.

Ernst schleppt sie weiter und lässt sie schließlich auf die Matratze gleiten. Unablässig redet er auf sie ein, um sie zu beruhigen und bei Sinnen zu halten. Denn eine ohnmächtige Frau kann schwerlich aktiv die Wehen unterstützen.

»So, ich schiebe dir erst einmal ein Kissen unter den Kopf, dann decke ich dich mit der Decke zu, und immer schön gleichmäßig atmen, ein und aus, ein und aus … Dann mache ich Feuer unterm Kessel …«

»Ich glaube, ich muss mich übergeben. Mir ist so schlecht … So elend habe ich mich noch nie gefühlt … Was ist das nur für eine Scheiße …«

»Warte, warte, ich hole eine Schüssel. Bleib ruhig liegen.« Ernst schaut sich um, ob irgendwo ein Gefäß herumsteht, in der Ecke entdeckt er eine rote Plastikschüssel. Er holt sie und stellt sie ans Kopfende der Matratze. »Willst du was trinken?«

Sie schüttelt den Kopf.

Er nimmt einen Lappen und taucht ihn in den Kessel, um ihr damit die Stirn zu kühlen.

»Ernst, ich glaube, ich gehe drauf. Das Kind liegt bestimmt

quer oder mit dem Steiß nach vorn. Das ewige Schnüren während der Schwangerschaft hat alles durcheinandergebracht. Ich glaube, ich überleb das nicht. Ernst, du musst mir versprechen, dich um die Kinder zu kümmern, wenn ich sterben sollte. Versprich es mir, bitte.« Sie umklammert seinen Arm und fällt aufs Kissen zurück.

»Erzähl nicht solchen Mist, altes Mädchen. So schnell stirb es sich nicht.« Er wischt ihr mit dem feuchten Tuch wieder und wieder die Stirn. Der Mann entwickelt eine nie erlebte Fürsorge, wenn es um seine eigene Zukunft geht.

Martha zieht das Nachthemd nach oben. Ernst sieht die blutige Wasserpfütze in ihrem Schritt. »Ich glaube, die Fruchtblase ist geplatzt«, hechelt sie. »Mach was, Ernst.«

»Jetzt musst du machen«, antwortet er nervös. »Du musst pressen, das weißt du doch. Fest pressen mit den Wehen, bis es draußen ist.« Er schiebt ihr ein Handtuch zwischen die Zähne. »Und da beißt du drauf, wenn du schreien willst. Sonst weckst du mit deinem Gebrüll noch die Nachbarn auf. Die können wir nun wahrlich nicht gebrauchen.«

Martha, das Gesicht schmerzverzerrt, umklammert ihre Schenkel und zieht sie zum Körper. Sie presst und stöhnt ins Handtuch. Ernst kniet am Fußende der Matratze und starrt auf Marthas geöffnete Vagina. Sie weitet sich mit jeder Wehe.

»Pressen, pressen«, weist er an, er sehe schon die Haare. »*Der* liegt richtig rum.« Er sagt nicht »das Kind«, sondern nennt es unbestimmt und abstrakt einfach DER. Es ist für ihn eine tote Sache vom ersten Tag seiner Existenz, die mit ihm nichts zu tun hat, mit der er nichts zu tun haben will. DER ist nichts, ein lästiger Pickel, den man einfach ausdrückt und darüber kein Wort verliert.

Martha bäumt sich auf. Das Handtuch schluckt ihren Schmerzensschrei, ihr Gesicht ist schweißnass. Sie presst mit den Armen die Schenkel gegen den Bauch, um zusätzlichen Druck auszuüben. Langsam, ganz langsam schiebt sich der

Kopf des Kindes aus dem Geburtskanal und reißt Martha fast auseinander. Schließlich ist er draußen, der größte Teil hindurch. Der Rest gleitet langsam nach, dann fällt das Kind auf die Matratze.

Ernst hat sich bereits den Zwirn gegriffen und bindet die Nabelschnur ab. Er blickt kurz auf das Geschlecht des Neugeborenen. Er hatte es geahnt: natürlich wieder ein Junge. Sodann durchtrennt er mit der Schere oberhalb der Abbindung die Nabelschnur. Völlig emotionslos legt er das verschmierte Kind auf ein Handtuch und drückt ihm ein Tuch aufs Gesicht, ehe es einen Schrei von sich geben kann. Er hält seine große Hand mehrere Minuten auf dem Köpfchen, bis er sicher ist, dass das Kind nicht mehr atmet. Danach schlägt er den Leichnam in das Handtuch, trägt ihn hinüber zum Waschkessel, in dem das Wasser bereits blubbert. Er öffnet die Ofenklappe vorm Feuerloch, drinnen bollert Gluthitze. Zunächst schiebt er das Bündel hinein, dann noch einen Fahrradschlauch, den er bereitgelegt hatte. Er hat mal gehört, dass brennendes Menschenfleisch süßlich riechen würde. Das will er mit dem Gestank des Gummis überlagern. Ohne einen Blick ins Ofenloch zu verschwenden, schließt er die Klappe.

»Geht's wieder, bist du okay?«

Martha liegt ermattet auf der Matratze und ist keiner Regung fähig. Mit schwacher Stimme erkundigt sie sich, ob alles raus sei, auch die Nachgeburt. Ernst sagt, da läge ein blutiger Klumpen zwischen ihren Beinen, das müsse sie wohl sein.

»Bleib noch eine Weile liegen. Dann mache ich dich sauber und bringe dich ins Bett. Alles ist gut«.

Nach einer Weile, als sie wieder klar zu denken beginnt, erkundigt sie sich nach dem Kind. Was damit sei.

»Was für ein Kind?«, fragt Ernst zurück. Er wisse von keinem Kind. Das müsse sie nur geträumt haben.

Martha schweigt. Vielleicht ist es wirklich besser, sie denkt nicht mehr darüber nach. Die Sache ist abgeschlossen und begraben. Nichts wird daran erinnern. Ernst wird die Matratze und alles, was von dieser nächtliche Stunde zurückbleibt, im Feuer unter dem Kessel entsorgen. Schon in wenigen Stunden sind alle Spuren beseitigt. Und in einigen Tagen wird auch ihr Bauch wieder auf Normalgröße geschrumpft sein. Das einzige Problem ist die Milch, die ihr schon seit Tagen aus den Brüsten schießt, sobald sie oder Ernst diese berührt. Sie wird also mehrmals am Tag abpumpen müssen, ohne dass es die Kinder bemerken.

Ernst registriert, dass langsam die Kräfte zurückkehren. Er schöpft heißes Wasser aus dem Kessel und lässt kaltes aus dem Hahn dazufließen. Stumm wäscht er Martha das Blut von Beinen und Körper, er reibt sie trocken und richtet sie auf, um ihr das schweißnasse, blutige Nachthemd über den Kopf zu ziehen. Auch das verschwindet im Feuerloch. Er legt noch einige Buchenscheite nach, auch wenn von dem Bündel nichts mehr zu sehen ist. Schließlich hebt er Martha nach oben, die Nachblutung ist noch nicht ganz versiegt, dünne Rinnsale fließen an den Innenseiten der weißen Schenkel nach unten. Er wischt sie mit einem Tuch ab und sagt, sie solle es gegen »ihr Ding« drücken, damit sie keine Spur zöge, wenn sie jetzt ins Schlafzimmer gingen. »Ihr Ding«: sonst ist er in der Benennung des für ihn wohl wichtigsten Körperteils wesentlich klarer, denkt Martha, als sie die Arme in den Bademantel steckt. Der Unterleib schmerzt, die große Wunde brennt wie Feuer. Sie wünscht nichts sehnlicher als in ihr Bett zu kommen.

Ernst stützt sie und führt Martha vorsichtig ins Schlafzimmer. Nachdem sie sich bedächtig auf die Bettkante niedergelassen hat, verlangt sie nach einem Tuch, dass sie sich unters Gesäß legen will, und nach einem Glas Wasser. Die Kehle ist trocken und ihre Stimme knarzt.

Ernst nickt und breitet das Badetuch übers Laken, auf das sich schließlich Martha vorsichtig, von ihm gestützt, niederlegt. Danach zieht er ihr die Bettdecke über den geschwächten Körper und eilt nach dem Wasser.

Sabine schläft ruhig in ihrem Kinderbettchen.

Nein! Das klingt wie ein Peitschenknall und wirkt wie eine Ohrfeige. Martha hatte mit einer solchen Reaktion fast gerechnet. Es ist wie immer: Schuld hat allein sie. Es sind keine fünfzehn Monate nach Geburt und Tod ihres siebten Kindes vergangen – und schon wieder ist sie schwanger. Das Leben hatte sich nach ihrer Niederkunft alsbald wieder eingerenkt und war zum üblichen Gang zurückgekehrt. Auch Ernst, der sich für kurze Zeit einfühlsam und verantwortungsvoll gezeigt hatte, war wieder in seine alte Rolle zurückgefallen. In jeder Hinsicht. Selbstsüchtig wie gewohnt bediente er sich ihrer. Und Martha, die doch verhüten wollte, fügte sich in ihr Schicksal. So kam, was zwangsläufig kommen musste …

Allerdings ist sie nicht gewillt, sich noch einmal eines Kindes auf diese Weise zu entledigen. Seit jener Nacht plagt sie das Gewissen. Manchmal wacht sie schweißgebadet aus bösen Träumen auf, Skrupel schnüren ihr Herz und machen das Atmen schwer. Ernst bemerkt das nicht, für ihn ist die Welt in Ordnung: Wieso soll es Martha nicht ebenso gehen?

Martha zuckt mitunter zusammen, wenn es an der Tür klingelt oder Post im Kasten liegt. Private Karten oder Briefe erhält die Familie kaum. Meist sind es Behördenschreiben. Werbung, Rechnungen und Mahnschreiben kennt man nicht. Offene Forderungen werden gleich und in bar beglichen, A-Conto-Zahlungen gibt es noch nicht, man besitzt ein Sparbuch, kein Girokonto. So ist denn der Briefkasten neben dem Gartentor meist leer. Der Postbote wirft lediglich die Tageszeitung gegen Mittag ein. Wie fast jeder hier hält man sich die Bezirkszeitung, sie ist billig, das Monatsabo kostet »dreifuffzich«. Papier braucht man immer: zum Ausstopfen nasser Schuhe oder zum Einpacken, morgens zum Feuermachen und im Winter zum Abdichten der Doppelfenster. Außerdem findet man auf der Kreisseite die einzig wichtigen Informationen, die hier interessieren: Wer ist gestorben, welcher Arzt hat wann Sprechstunde, welche Apotheke ist am Wochenende geöffnet? Alles andere ist nicht so wichtig, dass man es wissen müsste. Und Politisches erfährt man auf Arbeit, entweder im Parteilehrjahr oder, sofern man dort nicht Mitglied ist, in der Schule der Gewerkschaft. Der Rotlichtbestrahlung, wie solche Zusammenkünfte gemeinhin genannt werden, entgeht niemand.

Die Furcht ist in Marthas Haus einzogen. Sie hat sich ungefragt eingenistet und breit gemacht. Martha weiß nicht, wie sie sie wieder loswerden kann. Sie versucht, sich an sie zu gewöhnen, um sie dann zu vergessen. Was zu einem gehört, nimmt man eines Tages nicht mehr wahr. Wie etwa eine Warze. Die ist einfach da und fällt selbst beim Blick in den Spiegel nicht mehr auf.

Doch die Angst ist kein Leberfleck, keine Warze. Sie ist nicht nur wie diese ständig präsent – sie meldet sich auch regelmäßig zu Wort. Sie lässt sich einfach nicht vertreiben. Das Gehirn arbeitet ständig, man kann es nicht abschalten. Es rattert unablässig, selbst wenn Martha darüber einschläft. Dann drängen die angstvollen Gedanken in die Träume. Fast scheint es so, als würde der Moment, vor dem sie sich fürchtet – dass nämlich die Polizei vor der Tür steht und sie mitnähme –, der Augenblick ihrer Befreiung sein. Ihr würde, so glaubt sie, die Angst genommen werden. Fortan müsste sie nicht mehr fürchten, inhaftiert zu werden: Sie wäre es dann ja! Die Angst vor dem Sterben sei größer und schmerzhafter als der Tod selbst, hat der Pfarrer in Marthas Konfirmandenunterricht gesagt. Das hat sie sich gemerkt, ohne zu ahnen, dass es ihr mal so ähnlich ergehen würde. Die Furcht vor der Entdeckung ist quälender als vermutlich die Entdeckung selbst. Dann ist endlich alles vorbei.

»Nein, du blöde Fotze«, tobt Ernst durchs Zimmer, und dabei ist er noch lauter als damals, als Martha ihm die siebte

Schwangerschaft offenbarte. »Nachdem wir diese Scheiße durchgestanden haben, kommst du nun wieder mit einem Balg um die Ecke. Das darf doch nicht wahr sein!«

Theatralisch wirft er sich aufs Sofa, furcht sich die Haare, erhebt sich wieder, läuft im Wohnzimmer auf und ab. Mit den Filzlatschen und in der ausgebeulten Trainingshose mit dem Hängearsch gibt er eine Witzfigur ab. Doch Martha ist nicht zum Lachen zumute, sie fühlt sich hundeelend, und, ja, irgendwie schuldig. Sie macht sich Vorwürfe, nicht auf ihre Mutter gehört zu haben. Vielleicht hätte sie sich doch sterilisieren lassen sollen. Oder wenigstens bei Kästner Kondome bestellen. Dazu war sie mal wieder zu träge gewesen. Nun ist das Malheur geschehen und das Geschrei darüber gewaltig.

»Ernst«, beginnt sie vorsichtig, denn der Kelch ist noch nicht vollständig geleert, »diesmal machen wir das nicht.«

»Was?«

»Dass wir das Kleine umbringen.«

Ein Blick fährt auf sie nieder, als habe Donar Blitze geschleudert. Ernst tut so, als müsse er um Atem ringen. »Umbringen? Was erzählst du da für einen Mist? Hier hat niemand jemanden umgebracht! Das Kind war schon bei der Geburt tot. Es erfolgte eine ordentliche Feuerbestattung.«

»Das stimmt doch nicht. Der Junge hat noch gelebt, das hast du mir anschließend im Suff gestanden. Du hast ihm ein Tuch aufs Gesicht gedrückt, dabei ist er erstickt. Du bist ein Kindsmörder!«

Der Schlag trifft sie mit voller Wucht ins Gesicht. Noch nie hat Ernst sich derart vergessen, zum ersten Mal in anderthalb Jahrzehnten Ehe schlägt er Martha. Ab und an rutschte ihm mal die Hand bei den Kindern aus, es ist durchaus in den Familien üblich, dass auch mit harter Hand erzogen wird. Aber die Frau war bislang tabu. Jetzt ist die Grenze überschritten.

»Wenn ich ein Mörder bin, dann bist du auch mitschuldig

und eine Mörderin, du alte Kuh. Wer hat denn immer gebarmt und gewinselt: Noch ein Kind verkrafte ich nicht, die Kinder saugen mich aus und überfordern mich? Das warst doch du!« Ernst tänzelt wie eine Diva durchs Zimmer oder wie er meint, dass eine überdrehte Person sich so bewege, um Aufmerksamkeit zu erheischen.

Martha schweigt. Sie weiß, dass Ernst nicht ganz unrecht hat. Sie hat es zugelassen und nicht verhindert, also ist sie mitschuldig. Aber sie will diese Schuldenlast nicht noch erhöhen, und darum wird sie diesmal Nein sagen. Sie wird sich zu diesem Kind bekennen, es austragen und zur Welt bringen, komme, was da wolle oder Ernst ihr einzureden versucht. Diesmal wird sie widerstehen, einmal in ihrem Leben tapfer sein.

»Und wenn du mich noch so verprügelst: Ich werde dieses Kind kriegen. Du kannst das nur verhindern, wenn du mich totschlägst!« Trotzig reckt sie ihr Gesicht dem Manne zu. Der hebt bereits den Arm, lässt ihn aber sinken. Irgendwie scheint Ernst zu kapitulieren, gar zu resignieren. Sie will ihn trösten. »Sie haben das mit dem siebten Kind nicht mitbekommen, das wird auch so bleiben. Ich sage nichts, du sagst nichts: Es bleibt unser gemeinsames Geheimnis. Wir ziehen darunter einen Strich. Unser achtes Kind wird unser siebtes, und alles wird gut.« Martha streicht sich die Schürze glatt und schnieft kurz. Dann eilt sie in die Küche und wirft Schmutzwäsche in die Maschine.

Martha macht sich auf zur Schwangerenberatung. Die befindet sich noch immer unter der ihr bekannten Adresse. Nur das Personal scheint gewechselt zu haben. An der Tür stehen die Namen ihr unbekannter Gynäkologen, die Sprechstundenhilfe ist ihr fremd. Nur eine Schwester, die durchs wie früher gut gefüllte Wartezimmer huscht, kennt sie von Angesicht. Der Weißkittel nickt ihr freundlich zu.

Als die Reihe an ihr ist, wird sie in die Aufnahme gerufen. Hinter dem Tisch und vor einer Batterie Aktenschränke thront eine Frau im mittleren Alter mit Dutt. Sie grüßt freundlich und weist auf den Stuhl vor dem Schreibtisch.

»Waren Sie schon mal bei uns? Wissen Sie, ich muss so fragen, da ich noch nicht lange hier bin. Meine Vorgängerin, Schwester Irene, kannte alle Mütter im Umkreis von fünfzig Kilometern. Ich bin aus Magdeburg zugezogen. Mein Mann hat ein Haus bei Görlitz geerbt, das wir übernommen haben. Jetzt arbeitet er im Waggonbau und ich bin hier. Uns gefällt die Stadt und die Landschaft.«

Sie plappert unaufhörlich, der Fluss ihrer Rede strömt dahin wie die Neiße. Sie wirkt darum nicht unsympathisch.

»Ich bin hier sozusagen Stammgast«, sagt Martha, als ihr Gegenüber mal Luft holt. Und lächelt ganz ungezwungen.

»Wie viele Kinder haben Sie denn?«

»Sechs«, antwortet sie, »fünf Jungen und ein Mädchen. Wie die Orgelpfeifen.« Dabei ist sie ganz ruhig. Warum sollte sie nervös sein? Sie ist schwanger und zeigt die Schwangerschaft nun an. Alles ganz normal.

»Wie war gleich der Name?«

Die Frau im weißen Kittel erhebt sich und sucht das Fach mit dem Anfangsbuchstaben des Familiennamens, den ihr Martha genannt hat. »Da ist er«, sagt sie, als sie den Ordner entdeckt hat und trägt ihn zum Tisch zurück. Da sei ja im Laufe der Jahre einiges zusammengekommen, stellt sie fest. Das klingt sachlich-anerkennend und gilt wohl mehr den Unterlagen als den Anstrengungen der Mutter, die damit dokumentiert sind.

Martha nickt. »Sechs Kinder hinterlassen Spuren.«

Die Frau aus Magdeburg blättert die Papiere durch und verharrt schließlich am letzten Blatt. Ihre Stirn beginnt sich zu kräuseln. Sie schlägt zurück, überfliegt die vorletzte, dann noch einmal die letzte Seite und blickt auf.

»Sie waren damals nur einmal hier, in der elften Woche. Danach sind Sie nicht mehr gekommen.«

»Das war nicht mehr nötig.«

»Wieso das denn?« Die Frage ist die logische Konsequenz und klingt ganz natürlich. Martha spürt, wie ihr das Blut ins Gesicht steigt.

»Ich hatte eine Fehlgeburt.«

»Das hätten Sie uns doch melden müssen.«

»Mein Hausarzt hat gesagt, das wäre nicht nötig. Das würde automatisch gemeldet werden.«

»Hm«, macht die Sprechstundenhilfe, »hier ist jedenfalls keine Meldung eingegangen. Wie heißt denn der Doktor?« Sie greift nach Stift und Papier.

»Vielleicht ist die Meldung nur nicht abgelegt worden. Kann ja sein, dass Ihre Vorgängerin es vergessen hat.« Martha wirkt nicht mehr so ruhig wie noch vor wenigen Minuten.

»Kein Problem. Dann lassen wir es uns eben noch einmal bestätigen. Geben Sie mir einfach die Telefonnummer, ich rufe den Doktor an.«

»Ich habe seine Telefonnummer nicht dabei.«

»Aber seinen Namen werden Sie wohl haben.«

Martha senkt den Blick zu Boden. Was soll sie sagen? Sich einen Namen ausdenken. »Den möchte ich nicht nennen.«

»Warum nicht? Ein Name fällt doch nicht unter die ärztliche Schweigepflicht.«

Martha knetet nervös ihre Hände. »Das nicht gerade. Aber ich behalte ihn für mich.«

»Schön«, sagt die Sprechstundenhilfe, obgleich sie das Gegenteil denkt. »Dann füllen wir erst einmal das Aufnahmeformular aus.« Sie langt nach dem bereits gelochten Vordruck.

»Anschrift und Lebenspartnerschaft sind vermutlich unverändert«, sagt sie und übernimmt von der ersten Seite die entsprechenden Angaben.

»Wann haben Sie die aktuelle Schwangerschaft festgestellt?«

»Vor vier Wochen, als die Regel ausblieb.«

»Und Sie sind sich absolut sicher …?«

Martha hat wieder Grund unter den Füßen und reagiert selbstbewusst. »Wissen Sie, wenn man das mehrmals durch hat, kennt man seinen Körper. Die Symptome sind eindeutig.«

»Übelkeit am Morgen?«

»Ich hänge jeden Tag über der Schüssel wie bei jeder Schwangerschaft. Es ist alles wie immer.«

»Hm«, sagt die Sprechstundenhilfe und macht ihre Kreuzchen auf dem Blatt.

»Irgendwelche Auffälligkeiten?«

Die Antwort besteht aus Kopfschütteln. Ein wenig zu heftig vielleicht, aber die Frau hinterm Schreibtisch weiß die Reaktion nicht zu wichten. Sie setzt nur ihre Haken und Kringel in die dafür vorgesehenen Spalten und beendet schließlich die Befragung mit »So«.

»So«, sagt sie, »dann gebe ich mal die Unterlagen dem Herrn Doktor. Nehmen Sie noch einmal im Wartezimmer Platz, ich rufe Sie gleich.«

Martha tut wie ihr geheißen. »Gleich« dauert eine auffällig lange Zeit. Vielleicht kommt ihr das auch nur so ewig lange vor. Die Minuten dehnen sich wie Gummi, sie rutscht unruhig auf dem Stuhl hin und her. Schließlich steckt die Frau den Kopf durch die Tür und winkt.

Der Doktor reicht ihr zur Begrüßung die Hand und stellt sich vor. Es ist ein vergleichsweise junger Mann, etwa in Marthas Alter. Fast geniert sie sich, vor ihm die Schlüpfer auszuziehen und auf den Gynäkologenstuhl die Beine zu spreizen.

Er zieht den Hocker heran und nimmt vor ihr Platz.

»Sie haben der Sprechstundenhilfe gesagt, dass Sie im vergangenen Jahr eine Fehlgeburt hatten?«

»Ja.«

»In welchem Monat?«

»Im vierten.«

»Das glaube ich Ihnen nicht.«

Sie spürt die tastenden Finger des Arztes.

»Der Damm ist gerissen und wurde nicht genäht. Die Wunde hätte ärztlich versorgt werden müssen. Da ist nichts passiert.«

»Der Abgang erfolgte ja auch nicht im Krankenhaus oder unter medizinischer Kontrolle. Es passierte daheim auf der Toilette. Ich habe es nicht einmal bemerkt und alles hinuntergespült.«

Der Doktor schüttelt den Kopf. Das könne nicht so gewesen, sagt er. »Warum erzählen Sie mir ein solches Märchen?«

»Ich lüge nicht, das war so«, beharrt Martha. »Es handelte sich um einen unerwarteten Abgang.«

»Der Fötus war in jener Zeit, als Sie angeblich eine Fehlgeburt zwischen der 11. und 16. Woche erlitten, nicht derart groß, dass der Damm gerissen wäre. Sie werden nach der regulären Schwangerschaft ein Kind zur Welt gebracht haben. Nach meiner Vermutung sogar eins mit überdurchschnittlicher Kopfgröße, sonst wären Sie nicht gerissen.« Er macht eine Pause. »Gut, konzentrieren wir uns jetzt auf die aktuelle Schwangerschaft, deshalb sind Sie ja hier.«

Der Arzt tastet den Muttermund ab und die Lage der Gebärmutter. »Alles in Ordnung. – Haben Sie vorhin bei Schwester Monika schon die Urin- und die Blutprobe abgegeben?«

»Hab ich.«

»Gut, dann ziehen Sie sich bitte wieder an. Ich messe noch den Blutdruck und nehme das Gewicht, dann sind wir für heute erst einmal fertig.«

Martha rutscht vom Untersuchungsstuhl, während der Arzt die Gummihandschuhe in den Abfalleimer wirft und sich am Becken die Hände wäscht.

»Sie sind sich darüber im Klaren, dass ich Ihrer Aussage, Sie hätten eine Fehlgeburt erlitten, nachgehen muss?«

Er sagt es ganz ruhig und trocknet sich wie weiland Pilatus die Hände.

»Ich werde zunächst Ihren Hausarzt, dessen Namen Sie verschweigen, ausfindig machen und ihn konsultieren.«

»Muss das sein?« Martha verlegt sich aufs Betteln. Sie habe doch genug durchgemacht, außerdem sei sie schwanger und könne darum keinen zusätzlichen Ärger gebrauchen. »Das wissen Sie doch, Herr Doktor.«

Der rudert zurück. »Nun machen Sie sich deshalb keine Sorgen. Konzentrieren Sie sich ausschließlich auf das Kind, das in Ihnen wächst. Das ist jetzt Ihre vordringlichste Verpflichtung. – Wie steht übrigens der Vater zu dieser Schwangerschaft?«

Martha hat sich wieder auf den Stuhl vorm Schreibtisch gesetzt. »Ach, naja, begeistert war er nicht gerade«, weicht sie aus. Aber das könne man auch verstehen bei sechs Kindern im Haus. Da sei jedes weitere eines zu viel. »Als ich ihm gesagt habe, dass ich wieder schwanger sei, hat er ganz schön mit den Augen gerollt.«

»Nur mit den Augen gerollt?« Der Doktor mustert Martha kritisch. »Sonst nichts?«

Sie schüttelt den Kopf. »Nee, sonst nichts.«

»Hat er damals, als Sie ihm mitteilten, wieder ein Kind zu bekommen – also jenes, das Sie dann später angeblich verloren haben –, ähnlich reagiert?«

Martha ist hellwach. Sie lässt sich nicht aufs Glatteis führen und spürt intuitiv, worauf die Frage zielt. »Herr Doktor, *angeblich* streichen wir mal – ich hatte tatsächlich eine Fehlgeburt. Und mein Mann war auch damals nicht begeistert wie schon bei den Malen zuvor, aber auch jenes Mal hat er gesagt: Wo fünfe satt werden, werden es auch sechs. Damit war für ihn das Thema erledigt.«

»Keine Vorhaltungen, Streit, Schläge, nichts?«

»Nein, nichts dergleichen.«

»Und Sie wollten das Kind damals ebenfalls? Wie Sie auch dieses Kind wollen?«

»Selbstverständlich, Herr Doktor. Wofür halten Sie mich

denn?« Martha lässt ihre Lider über die Augen fallen und verzieht ihr Gesicht zur Unschuldsmiene. Das ist nicht einmal gespielt. Sie will dieses Kind, denn sie hofft, dadurch ihre Schuld abzutragen. Ein Kind ist verloren gegangen, ein neues wird nun den offenen Platz füllen. Damit ist die Angelegenheit faktisch ungeschehen gemacht. So denkt sie inzwischen.

»Na, dann ist ja alles in Ordnung.« Er schiebt ihr den Schwangerenausweis über den Tisch. »Wir sehen uns dann in drei Wochen wieder, ich habe den Termin bereits eingetragen.«

Martha greift die Hand, die der Frauenarzt ihr zum Abschied reicht. »Auf Wiedersehen, dann bis zum nächsten Mal.«

»Auf Wiedersehen.«

Geschafft. Martha eilt ohne Umwege nach Hause. Sie grübelt und martert ihr Gehirn. Was könnten die Nachforschungen zutage fördern? Dass es überhaupt keinen Arzt gab, der den vermeintlichen Abort bescheinigte? Natürlich hat ihre Familie einen Hausarzt. Die Kinder haben alle Nasen lang Angina, Mittelohrentzündung, Masern, Mumps, Röteln, Keuchhusten und so weiter, das volle Programm eben. Entweder kommt Dr. Schmidtke zum Hausbesuch oder sie stellt das Kind, sofern es dazu fähig, in der Praxis des Allgemeinmediziners vor.

Über kurz oder lang wird der Frauenarzt Schmidtke ausfindig gemacht haben. Die Zahl der Ärzte in Görlitz ist nicht so riesig, dass man nicht den Medizinmann fände, bei dem ihre Familie verkehrt. Der aber wird von Marthas Schwangerschaft nichts sagen können: Sie war ja nicht bei ihm in dieser Angelegenheit.

Martha hofft, dass die Sache irgendwie im Sande verlaufen wird. Worin sollte das Interesse des Gynäkologen bestehen, einer früheren Schwangerschaft nachzuspüren? Das ist doch Schnee vom letzten Jahr.

Wenngleich Zweifel und Unsicherheit in ihrem Herzen Einzug halten, ist sie dennoch der Annahme, dass nichts nachkommen wird. So reagiert sie denn auf eine entsprechende Frage von Ernst am Abend.

Und ihr Mann bestärkt sie in diesem Glauben.

Unterdessen hat der Arzt bereits bei der Kriminalpolizei angerufen. Er hat lange mit sich gerungen, ehe er zum Hörer griff. Aber er ist sich sicher, dass hier etwas nicht stimmt. Und wenn, was er vermutet, eine Straftat vorliegt, macht er sich selber strafbar, wenn er sie nicht zur Anzeige bringt. Die Symptome sind für ihn eindeutig. Kein Arzt würde solche Wunden unbehandelt lassen. Das widerspricht jeglicher Ethik und der medizinischen Obhutspflicht.

Die Nachricht stiftet zunächst im Volkspolizeikreisamt Verwirrung. Abtreibung oder so etwas, meint Oberleutnant der K Henschel, der den Anruf entgegennahm.

Hä, reagiert Kollege Melzer ungläubig. Das gibt's doch gar nicht. Nicht in der DDR. Und wieso ruft man da bei uns an?

»Wie auch immer. Der Leiter der Schwangerenberatung hat jedenfalls diesen Verdacht geäußert. Wir müssen der Sache nachgehen. Fahr mal vorbei.«

»Mensch, solche Weibersachen liegen mir ja nun gar nicht. Hast du nicht einen ordentlichen Diebstahl, eine üble Nachrede oder etwas anderes, was ich stattdessen bearbeiten könnte?«

Der junge Leutnant reagiert ungewöhnlich abweisend. Bislang hat er sich um jeden Fall geradezu gerissen. Das ist nicht ungewöhnlich bei Leuten, die frisch von der Schule kommen. Sie stecken nicht nur voller Idealismus und Tatendrang, mit dem sie die Welt retten wollen. Sie sind auch ehrgeizig, weil rasche Erfolge, so meinen sie, ihnen beim Vorankommen behilflich sind. Sie haben noch nicht begriffen, dass es egal ist, wie viele Täter ein Kriminalist ermittelt und überführt – entscheidend für eine Beförderung ist die

Planstelle, auf der man sitzt. Wenn die Leiterstellen besetzt sind, ist da wenig Luft nach oben. Aber das, so denkt Henschel, wird der Heißsporn irgendwann selber merken.

»Was bist du derart klemmig«, lacht der Oberleutnant. »Hast du Probleme mit Frauen?«

Quatsch. Melzer macht eine abwehrende Handbewegung. »Ich war nur noch nie bei einem Frauenarzt.«

»Ich auch nicht«, lästert Henschel. »Irgendwann aber gibt es immer ein erstes Mal. – Im Übrigen sind das keine besonderen Leute, die machen ihre Arbeit wie jeder andere auch.«

»Naja, du wirst schon zugegeben, dass nicht jeder, jeder …« Melzer sucht nach Worten, mit denen er ausdrücken will, was in seinen Augen das Besondere an dieser Tätigkeit sei. Er findet sie aber nicht.

»Mensch, Melzer, nun sei nicht so prüde. Der Proktologe fingert dir im Arsch herum und der Gynäkologe eben in einer anderen Öffnung. Wo liegt da das Problem? Falls du es übersehen haben solltest: Du sollst den Doktor befragen und dich nicht von ihm untersuchen lassen. Also dawai, dawai.« Leutnant Melzer erhebt sich murrend. »Und wo ist die Schwangerenberatung? Muss ich mich dort vorher anmelden?« Henschel schüttelt den Kopf. »Ich habe ihm gesagt, dass ich noch heute jemanden vorbeischicke. Er ist bis 18 Uhr in der Praxis, jetzt haben wir es Viertel vor fünf. Du wirst ihn also noch antreffen. Und …« Henschel macht eine demonstrative Pause.

»Was: und?«

»Lass dich nicht von den Schwangeren im Wartezimmer vernaschen. Die haben nichts mehr zu verlieren.« Henschel schüttet sich aus vor Lachen.

Das Wartezimmer ist fast leer, als es der Leutnant der K betritt. Sofort drehen sich die Köpfe der beiden Frauen ihm zu. Männer ohne weißen Kittel sind hier eher selten.

»Guten Tag«, sagt Melzer, »wo ist hier die Anmeldung?«

»Erste Tür rechts«, sagt die eine. »Es ist frei, sie können gleich reingehen.«

Melzer tut, wie ihm geheißen. Die Schwester mit dem Dutt schrickt auf, als sie den Mann wahrnimmt. Der stellt sich gleich vor und erkundigt sich, ob er mal den Chef sprechen könne.

»In welcher Sache?«, fragt sie.

»Sagen Sie ihm, ich käme von der Kriminalpolizei, dann weiß er schon Bescheid.«

»Warten Sie, ich schaue mal nach, ob er frei ist.«

Sie steckt erst die Nase durch die Tür, dann verschwindet sie ganz. Wenig später kehrt sie wieder. »Drei Minuten«, sagt sie, »er hat noch eine Patientin. Aber die ist gleich fertig. Sie können hier so lange warten.«

Melzer nimmt auf dem angebotenen Stuhl Platz.

»Ist es wegen der Frau mit der angeblichen Fehlgeburt, die heute Vormittag hier war?«

»Was wissen Sie darüber?«

»Nur was in den Unterlagen stand und was sie mir erzählt hat. Das stimmte hinten und vorn nicht. Ich teilte meine Zweifel an ihrer Darstellung dem Herrn Doktor gleich mit.«

»Kann ich mal die Akte ansehen?«

Sie zögert. »Ich weiß nicht, ob ich Ihnen die geben darf. Sie unterliegt der ärztlichen Schweigepflicht.«

»Ich bin von der Kriminalpolizei«, sagt Melzer.

»Trotzdem. Wenn Ihnen der Chef Einsicht gewährt, geht das in Ordnung. Ich selbst aber entscheide das nicht. Sie müssen mich verstehen, ich bin nur angestellt.«

Melzer nickt. Er weiß, dass er die Papiere kriegen wird, wenn er den Arzt darum bittet. Der hat schließlich die Polizei angerufen. Ehe das Gespräch in peinliches Schweigen mündet, kommt der Gynäkologe mit wehenden Rockschößen ins Zimmer gelaufen. So, jetzt habe er Zeit, sagt er und lächelt freundlich. »Kommen Sie mit, Herr …«

»Melzer, Leutnant der K Melzer.«

Und an die Sprechstundenhilfe gewandt, sagt er: »Schwester Monika, bitte die Akte der Frau …, na, Sie wissen schon. Die Schwangere von heute Morgen, die im letzten Jahr angeblich eine Fehlgeburt hatte.«

Schwester Monika nimmt den Ordner vom Tisch. »Hier, können Sie gleich mitnehmen.«

»Danke. Und machen Sie uns bitte zwei Tassen Kaffee. – Sie trinken doch türkisch?«, erkundigt er sich bei Melzer, der von der Energie des Arztes angetan ist.

»Wie lange machen Sie schon?«

»Als Mediziner praktizieren?«

»Nein, wie lange Sie heute schon auf den Beinen sind?«

»Auf den Beinen seit fünf, in der Praxis seit acht Uhr.«

»Und dann noch so fit?«

»Ich laufe vor dem Frühstück täglich eine Stunde. Das würde Ihnen übrigens auch gut tun.« Er wirft einen freundlich-kritischen Blick auf Melzers Wampe, die sich über den Hosenbund wölbt wie eine Schneewehe. Nur eben schwerer.

»Wie viel?«

»Was?«

»Kilo?

»Ich glaube fünfundneunzig.«

»Und das bei einer Körpergröße von vielleicht hundertfünfundsiebzig Zentimeter. Alle Wetter. Wie hoch ist Ihr Blutdruck?«

Melzer räuspert sich. »Herr Doktor, ich bin eigentlich wegen Ihres Anrufes hier und nicht zur Untersuchung.«

Der Doktor lacht. »'tschuldigung, altes Berufsleiden. Für mich ist jeder, mit dem ich mich unterhalte, ein potenzieller Patient. Und wenn er dann auch noch auffällige Symptome aufweist … Das ist manchmal ziemlich unangenehm. Für beide Seiten. Entschuldigen Sie bitte.«

Melzer lässt den Blick im Zimmer umherwandern. Der Arzt beobachtet ihn dabei amüsiert, vor allem als der Leutnant den Behandlungsstuhl mit den beiden Beinablagen betrachtet. Der Doktor sieht förmlich, wie es hinter der Stirn des Kriminalisten arbeitet und die Gerätschaft seine Fantasie anregt.

»Glauben Sie mir: Schon nach wenigen Tagen ist das für einen etwas völlig Normales, für mich ist das so etwas wie bei Ihnen ein Schreibtisch: ein Arbeitsmöbel. Mehr nicht.« Der sportive Mediziner macht eine schnelle Handbewegung, die einen Schnitt andeuten soll. »Kommen wir zur Sache.«

Es klopft. Auf seine Aufforderung öffnet sich die Tür. Es ist Schwester Monika mit dem Kaffee.

»Milch, Zucker?«, fragt sie, während sie die beiden Tassen auf des Doktors Tisch stellt.

Melzer zögert, dann schluckt er hinunter, was er sagen wollte. Er will sich keinen weiteren Tadel anhören müssen. »Nein, danke, weder noch.«

»Na, sehen Sie, geht doch«, sagt der Doktor aufmunternd, und Melzer grinst gequält. Mann, hast du 'ne Ahnung. Tapfer schluckt er die Kaffeekrümel ungesüßt herunter und schweigt.

»Also zu meinem Problem, der Ihr Fall sein sollte. Bei mir hat sich heute Morgen eine schwangere Frau vorgestellt, die bereits sechs Kinder hat. Darum wird sie auch in unserem Register geführt. Schwester Monika hat beim Ausfüllen der Unterlagen jedoch bemerkt, dass sie zwar vor etwa anderthalb Jahren ihre Schwangerschaft angemeldet hatte, aber nicht zum Folgetermin erschienen war.«

»Vielleicht ist sie zu einem anderen Arzt gegangen?«

»Kann sein, ist aber nicht üblich.«

»Haben Sie damals schon praktiziert?«

»Nein, ich bin erst seit dem Vorjahr hier, auch Schwester Monika ist neu. Das erklärt, warum es nicht auffiel, dass die Frau nicht wiederkam. Wir mahnen natürlich, wenn eine werdende Mutter ihren Termin verschwitzt.«

»Wie oft kommt eine Schwangere zu Ihnen?«

»Zehn bis zwölf Mal bis zur Entbindung, im Schnitt also

alle zwei Wochen – sofern keine Probleme auftreten und die Schwangerschaft normal verläuft. Wir haben die Frauen unter medizinischer Kontrolle. Nach der Entbindung betreuen wir die Wöchnerinnen noch geraume Zeit.« Der Arzt macht eine Pause. »Nun, ich will Ihnen jetzt keinen medizinischen Vortrag halten, sondern lediglich deutlich machen, dass üblicherweise keine Schwangere aus dem Raster fallen kann. Sie sind nicht nur wegen der gesundheitlichen Betreuung an einem regelmäßigen Besuch interessiert, sondern auch an der Unterschrift des Arztes: Ohne den Segen der Schwangerenberatung gibt es nämlich keinen staatlichen Kinderzuschlag. Das ist alles gut durchorganisiert und aufeinander abgestimmt. Keine Frau wird sich selbst überlassen.

Jetzt vestehen Sie vielleicht, weshalb wir hier stutzig wurden, dass diese Frau nie wieder vorstellig wurde. Auf Befragen erklärte sie, dass sie einen Abort hatte.«

Der Arzt sieht Melzers fragenden Blick.

»So nennt man die vorzeitige Beendigung einer Schwangerschaft, die meisten sprechen von einer Frühgeburt. Ist der Fötus dabei schwerer als fünfhundert Gramm, das ist etwa ab der 22. Woche, dann handelt es sich um eine Totgeburt. Die ist meldepflichtig, das abgegangene Kind muss standesamtlich vermerkt werden. Das ist bei Fehlgeburten *vor* dieser Zeit und mit geringerem Gewicht nicht der Fall. Das heißt, wenn diese Frau zwischen der 11. und der 22. Woche, also nach dem Besuch bei uns, eine Fehlgeburt gehabt hätte, wie sie behauptet, wäre alles so weit in Ordnung. Da muss niemand nach der Polizei rufen. Hilfreich wäre es dennoch gewesen, sie hätte sich danach, wenn schon nicht an die Schwangerenberatung, an ihren Hausarzt gewandt. Aber auch das unterblieb vermutlich. Denn als ich mich nach dessen Namen erkundigte, reagierte sie irrational.«

»Auch das fanden Sie merkwürdig?«

»Naja, wir haben manchmal schon eigenartige Frauen hier, was aber nicht verwunderlich ist: Auch wenn eine

Schwangerschaft ein völlig normaler biologischer Vorgang ist, stellt er doch eine gewisse Ausnahmesituation dar. Alles verändert sich in diesen neun Monaten: Kreislauf, Hormone, Psyche … Das eigentlich Merkwürdige aber entdeckte ich dort.« Er macht eine Kopfbewegung in Richtung Stuhl.

»Sind Sie Vater?«

Melzer schaut den Gynäkologen erstaunt an.

»Also nicht. Aber im Biologieunterricht werden Sie wohl aufgepasst haben? Nein, nicht? Also werde ich es Ihnen mal erklären. Beim Geburtsvorgang schiebt sich als Erstes das Köpfchen heraus, es ist das größte Teil des Kindes. Deshalb ist diese Phase auch die schmerzhafteste für die Gebärende. Da reißt es mitunter auch in den Damm, also jenem Stück zwischen Vagina und After, hinein. Das muss unmittelbar nach der Geburt vernäht werden. Es sind Wunden, die der ärztlichen Versorgung bedürfen. So. Und ich stellte bei der Frau mit der angeblichen Fehlgeburt Narben in diesem Bereich fest, d. h. es gab dort Wunden, die nicht versorgt worden waren.«

»Sie wollen damit andeuten, dass es bereits ein Kind war, was dort zur Welt gebracht wurde, und kein Fötus, der ungewollt zwischen der 11. und 22. Woche abging.«

»Treffer«, jubelte der Arzt, »Sie sind ja ein richtiger Kriminalist. Es muss ein voll ausgereiftes Kind gewesen sein, mehr noch: ein besonders kräftiges Kind, wie die Tiefe und Länge der Fissuren verraten. Und nun lautet die Frage: Wo ist es?«

»Davor würde ich noch eine andere stellen: *Wer* hat das Kind zur Welt gebracht?«

»Natürlich die Mutter.«

»Allein?«

»Ach so meinen Sie das. Also das ist durchaus denkbar. Sie hat davor bereits sechs Kinder geboren, sie war darin ein wenig geübt. Schon möglich, ja. Sie kann natürlich auch bei einer Kurpfuscherin gewesen sein oder von einer anderen Person Hilfe erhalten haben. Diese war in jedem Fall medizinisch gänzlich unerfahren. Aber das müssen Sie schon selbst herausfinden.«

Melzer nickt. Für ihn ist alles klar, die Unterlagen muss er sich gar nicht anschauen. Und falls es zu einer Anklage – aus welchen Gründen auch immer – kommen sollte, wird die Staatsanwaltschaft sie anfordern.

»Und Sie sind sich absolut sicher, dass der Dammriss bei der letzten Geburt erfolgte, also nicht bei vorangehenden Entbindungen?«

»Erstens taucht in den Unterlagen nicht ein einziges Mal ein Hinweis auf eine solche Verletzung auf. Und zum anderen: Wenn ein Arzt oder eine Hebamme eine solche Wunde unbehandelt gelassen hätte, müsste man ihnen die Approbation entziehen. Das macht keiner vom Fach, niemand.«

»Können Sie mir die Adresse der Frau geben, bitte.«

»Ist in der Stadtrandsiedlung«, sagt der Arzt und notiert Name und Anschrift auf einem Blatt Papier. Dann reicht er Melzer die Hand. »Gehen Sie rücksichtsvoll vor: Sie ist schwanger.«

Auf dem Weg zum Auto überlegt Melzer, ob er noch eine Überstunde dranhängen sollte oder besser ins VPKA zurückkehrte. Er entschließt sich, zur angegebenen Adresse zu fahren. Im Amt müsste er berichten, am Morgen in der Frührunde die bisherigen Ermittlungen repetieren und Vorschläge machen und so weiter. Am Abend stünde man gewiss dort, wo er vielleicht bereits in zwei Stunden sein könnte. Und würde also einige Zeit sparen und überdies bei den Vorgesetzten punkten. Scheiß auf den Feierabend, Alter, sagt er sich und dreht den Schlüssel im Zündschloss.

Der Zweitakter springt zuverlässig an, eine blaue Wolke fährt aus dem Auspuff. Keine Viertelstunde später stoppt er vor dem Haus, das ihm genannt worden war. Er steigt aus und sucht am Gartentor nach der Klingel, findet aber keine, was nicht nur an dem trüben Dämmerlicht liegt.

Die Gartenpforte knarrt, als er sie öffnet. Ein paar Tropfen Öl würden der auch gut tun, denkt Melzer und durchmisst den Vorgarten mit weit ausgreifenden Schritten. Dann klopft er mit dem rechten Hand gegen die Haustür. Drinnen hört er laute Kinderstimmen. Er schlägt erneut gegen die Tür. Nichts passiert. Schließlich drückt er die Klinke nach unten und tritt ein. Ein Neun- oder Zehnjähriger wieselt ihm im Flur vor die Füße. Der Junge erschrickt. »Mama, hier ist ein dicker Mann im Haus.«

Melzer geht auf die offene Tür zu, aus der Licht fällt. Es ist die Küche. Am Tisch sitzen mehrere Kinder unterschiedlichen Alters, auf dem Schoß der zierlichen Frau am Tischende sitzt ein Kleinkind, offenkundig das einzige Mädchen.

»Wer sind Sie, was wollen Sie?« Martha ist sichtlich aufgebracht.

»Könnte ich Sie mal allein sprechen. Unter vier Augen.« Melzers Stimme kling amtlich, auch ohne dass er seine Funktion nennt.

»Das geht jetzt nicht. Sie sehen doch …«

»Ist Ihr Mann nicht da, der sich unterdessen um die Kinder kümmern könnte?«

»Nein, der ist noch auf Arbeit, macht seine zweite Schicht. Fährt Taxi.« Martha füttert unterdessen Sabine. Sie schiebt ihr kleine Stückchen einer Leberwurststulle in den Mund. Die Jungs starren den Eindringling mit der Igelfrisur neugierig an.

»Esst«, herrscht Martha sie an.

Melzer begreift, dass er zum denkbar schlechtesten Zeitpunkt erschienen ist und beschließt, den Rückzug anzutreten.

»Wann passt es Ihnen?«

»Eigentlich nie.«

»Das kann ich mir denken.«

»Sie können sich nichts denken. Oder haben Sie sechs Kinder, die Sie versorgen müssen? Allein. Natürlich nicht, sonst stünden Sie nicht hier. Um was geht es überhaupt?«

»Das möchte ich – im Interesse Ihrer Kinder – hier nicht sagen.«

»Ich habe keine Geheimnisse vor meinen Kindern.«

»In diesem Falle schon. Da bin ich mir ziemlich sicher. Dämmert es …?«

Martha stellt sich demonstrativ unwissend. Sie habe keine Ahnung, nicht die geringste, sagt sie, und schiebt weiter Leberwurststückchen in Sabines Mund. Das geschieht eine Spur zu heftig. Melzer entgeht das nicht. Er weiß, dass sie weiß, zumindest ahnt sie es, warum er vor ihr steht. Sie hat ja lange genau diesen Moment gefürchtet.

»Ich kann jetzt gehen und morgen wiederkommen. Aber Sie entgehen diesem Gespräch nicht, wirklich nicht. Außer einigen Stunden gewinnen Sie nichts.«

»Sind Sie mit dem Auto da?«

Melzer nickt.

»Dann warten Sie im Auto. Ich sage Bescheid, sobald ich die Kinder ins Bett gebracht habe.«

»Einverstanden«, sagt der Leutnant und geht.

Nach etwa zwei Stunden und mehreren Zigaretten erscheint Martha im Türrahmen. Inzwischen ist es dunkel geworden. Melzer quält sich mit seinen fünfundneunzig Kilo aus dem schwarzen F 8 und geht zum Haus hinüber. »Wir bleiben in der Küche«, entscheidet Martha.

Sie nehmen am Tisch Platz, der abgeräumt und gewischt ist. Nein, unordentlich sieht es nicht aus. Die Frau hat trotz der sechs Kinder den Haushalt im Griff. Allein das nötigt Melzer Respekt ab. Er hat, seit er bei der Polizei ist, schon sehr viele Wohnungen gesehen. In einigen hätte er am liebsten das Atmen eingestellt.

»Sie ahnen, weshalb ich gekommen bin?«

Martha schüttelt den Kopf.

»Sie sind keine gute Schauspielerin«, sagt Melzer.

»Also, was wollen Sie?«

»Ich bin von der Kriminalpolizei. Mein Name ist Melzer. Ich gehe einen Hinweis aus der Schwangerenberatung nach.«

Martha schluckt. »Und wie sieht der aus, dieser Hinweis?«

»Sie haben dort angegeben, im vergangenen Jahr eine Fehlgeburt erlitten zu haben, die sie aber nicht gemeldet hatten.«

»Das muss man ja auch nicht. Fehlgeburten sind, soweit ich weiß, nicht meldepflichtig.«

»Richtig. Aber bei einer Fehlgeburt reißt nicht der Damm. Die geht gemeinhin ohne Blessuren und Narben ab. Mal von denen auf der Seele abgesehen.«

Diese Feststellung steht wie ein Stein im Raum, wuchtig und unumstößlich. Marthas Atem geht merklich schneller.

»Der Arzt hat Narben unbehandelter Wunden gefunden. Sie haben ein ausgewachsenes Kind nach neun Monaten zur Welt gebracht«, sagt er. »Wo ist es?«

Martha schweigt. Ihr Blick geht auf die Tischplatte. Dort ruhen ihre abgearbeiteten, schrundigen Hände. Sie schauen aus, als gehörten sie einer Sechzigjährigen.

Auch Melzer bleibt stumm. In seinem Kopf formt sich eine Ahnung. Sie ist erst ganz winzig und wird mit jedem Gedanken und jedem Bild, das vor seinem geistigen Auge auftaucht, größer und größer.

»Sie lieben Ihre Kinder?«

Martha nickt.

»Ihr Mann auch?«

Martha schweigt.

»Sie wollten auch das siebte Kind?«

Martha unternimmt einen letzten Widerstandsversuch. »Das siebte Kind trage ich unter meinem Herzen. Ja, ich will es.«

»Es ist nicht das siebte, sondern das achte. Das siebte lebt nicht mehr.« Leutnant Melzer versucht so behutsam wie möglich den Gedanken hinauszulassen. Seine Stimme ist weich, als habe er warme Milch mit Honig getrunken. »Haben Sie es getötet?«

Marthas Oberlippe beginnt zu vibrieren. Dann laufen Tränen übers Gesicht. Still bahnen sie sich ihren Weg über die Wangen, tropfen schließlich vom Kinn. Melzer schweigt und beobachtet.

»Ich habe das nicht gewollt. Es war seine Idee.«

»Die Ihres Mannes?«

Sie nickt. »Er ist sonst ein lieber Kerl. Als ich ihm sagte, dass ich wieder schwanger bin, hat er mich zum ersten Mal geschlagen. Das hatte er bis dahin noch nie gemacht. Er wollte ums Verrecken kein weiteres Kind.« Sie greift in die Tasche ihrer Kittelschürze und holt ein Taschentuch hervor, in das sie laut schnäuzt.

»Ernst hat gesagt, dass ich nicht mehr zur Schwangerenberatung gehen und meine Schwangerschaft verbergen solle. Das habe ich getan.«

»Warum?«

»Ich hatte Angst, das er mich wieder schlagen oder gar verlassen würde.«

»Konnten Sie sich denn niemandem anvertrauen?«

Der Blick, der Melzer trifft, sagt alles. Er zieht in Gedanken seine Frage zurück.

»Als es dann so weit war, habe ich in der Waschküche nebenan entbunden. Er hat mir dabei geholfen. Das Kind war tot.«

»Woher wollen Sie das wissen? Haben Sie es gesehen?«

Wieder schüttelt Martha den Kopf. »Nein, gesehen habe ich es nicht. Ernst hat es ja gleich weggebracht. Aber es hat nicht geschrien. Alle meine Kinder haben gleich nach der Geburt laut geschrien. Das ist ja wichtig, dass sie die Lungen freikriegen, verstehen Sie?«

Melzer nickt. »Also Sie schließen daraus, dass das Kind bereits tot zur Welt kam oder unmittelbar nach der Geburt starb, weil es nicht schrie.«

»Ja, das meine ich. Und Ernst hat ja auch gesagt, dass es tot ist.«

»Und dann?«

»Und dann und dann.« Melzers Fragen nerven Martha sichtlich. Sie schnieft erneut ins Taschentuch. »Dann hat er das Bündel ins Feuerloch unterm Waschkessel geschoben. – Ich habe davon nicht viel mitbekommen, war ja fast bewusstlos. Das war meine bis dahin schwerste Geburt.«

»Und trotzdem wollen Sie nun ein weiteres Kind?«

Martha nickt heftig. »Ich habe keine Angst vor den Schmerzen.«

»Das ist kein Grund. Man kann in den ersten drei Monaten die Schwangerschaft legal beenden, wenn die Ärzte meinen, diese stelle für die Mutter eine unzumutbare Belastung dar. Bei Ihnen sind alle medizinischen und sozialen Indikatoren vorhanden.« Melzer ist plötzlich zum Seelsorger geworden, er erkennt sich selbst nicht wieder.

»Ich will das Kind trotzdem. Schon um wiedergutzumachen. Wir wollen das Kind, das uns verlassen hat, durch ein anderes ersetzen. Die hinterlassene Lücke gewissermaßen schließen.« Sie schickt einen fragenden Blick in Richtung Melzer, damit er sich diesem Gedanken anschließe und sie darin bestärke.

Melzer kann dergleichen nicht. Das ist nicht seine Logik. Er hat zu ermitteln, ob es sich hier um Kindsmord handelt oder nicht, und wer der Täter war. Die Geschichte, die er soeben erfahren hat, scheint stimmig. Er traut dieser kleinen Frau, die sich so liebevoll um ihre Kinder sorgt, einfach nicht zu, dass sie ein Kind, dem sie mit Schmerzen ins Leben half, anschließend tötet. Dazu war sie auch physisch nicht in der Lage.

Bleibt also der Mann. Und wenn der behauptet, das Kind sei bereits tot zur Welt gekommen? Dann hätten sie vermutlich ein Problem. Wie können sie das Gegenteil beweisen? Es gibt keinen Leichnam, den man obduzieren könnte. Es gibt überhaupt nichts. Es gibt die Feststellung der Schwangerschaft, die ist in der Akte vermerkt. Es gibt die Feststellung der Geburtsnarben durch den Gynäkologen. Und es gibt die Aussage der Mutter über ihre Niederkunft. Die aber muss sie noch auf dem Revier offiziell machen. Das, was sie ihm jetzt erzählt hat, ist ohne jegliche Beweiskraft.

»Gut«, sagt Melzer, »wir müssen Ihre Aussage auf dem Amt protokollieren. Wann könnten Sie morgen kommen?«

»Wenn die Kinder in der Schule und im Kindergarten sind. Sabine könnte ich bei den Nachbarn kurzzeitig abgegeben. Um zehn Uhr?«

»Einverstanden. Ich erwarte Sie dann im Büro. Sie wissen ja, wo das VPKA ist.«

Martha nickt. »Hat das irgendwelche Konsequenzen?«

Was soll Melzer darauf antworten? Sagte er Nein, würde er lügen. Sagte er die Wahrheit, würde er der Frau möglicherweise mehr als nur eine schlaflose Nacht bereiten. »Ach«, meint er schon im Gehen, »nichts wird so heiß gegessen, wie es gekocht wird«.

Marthas Gesicht hellt sich auf.

Am nächsten Morgen treffen sich wie an jedem Tag die Kriminalisten zur Dienstbesprechung im Versammlungsraum. Melzer rapportiert, als er an der Reihe ist. Er endet mit dem Vorschlag, den des Kindsmordes dringend verdächtigen Vater vorzuführen und auf eine – wenn auch nur vorläufige – Inhaftierung der Mutter zu verzichten. Er werde sie heute Vormittag vernehmen.

Über die Festnahme entscheide noch immer der Staatsanwalt, wirft Henschel ein. Aber wenn die Abläufe wirklich so waren, wie er sie geschildert habe, müsse man davon ausgehen, dass die Schuld unterschiedlich verteilt ist.

Es gibt noch eine kurze Debatte, wann die Zuführung des Vaters erfolgen und wer ihn vernehmen solle. Zunächst hat Oberleutnant Henschel erwogen, selbst aktiv zu werden, doch dann überträgt er Melzer diese Aufgabe. Erstens ist dieser inzwischen mit der Materie vertraut, bei der Vernehmung ist die Kenntnis jedes Details wichtig, zweitens scheint die Sache nun wirklich klar und eindeutig zu sein, und drittens schließlich – da ist der Kriminalist und Leiter auch Pädagoge – weiß er, wie motivierend Erfolgserlebnisse sein können. Und dem jungen Kader gönnt er nicht nur einen Erfolg, er ist auch davon überzeugt, dass dieser für seine weitere Entwicklung nützlich sein wird.

Henschel schließt die Sitzung mit der Weisung, dass am Nachmittag, nach der Vernehmung der Frau, der Mann ins VPKA gebracht und ebenfalls vernommen werde. Die Federführung des Falles läge bei Leutnant Melzer.

Der wächst bei dieser Ansage auf seinem Stuhl um einige Zentimeter. Das ist sein erster großer, eigener Fall. Er strafft sich, die ganze Körperhaltung verrät den Stolz, der über ihn gekommen ist. Da kann er sein Gesicht noch so neutral wie möglich halten. Er schaut in die Runde, als sei die Entscheidung des Chefs völlig normal und er davon weder überrascht noch besonders berührt. Doch er hat soeben den Ritterschlag empfangen, und jeder im Raum hat dies gehört. Da kann er sein Gesicht noch so glätten und neutralisieren.

Die Männer von der K verlassen das Beratungszimmer und streben dem Ausgang zu. Henschel erwartet dort Melzer und zieht ihn beiseite. »Ich bekomme heute Abend von dir einen ausführlichen Bericht, Genosse Melzer. Danach verständigen wir uns morgen früh in großer Runde. Ich denke, dass wir im Anschluss daran die Staatsanwaltschaft informieren und der Justiz die Sache übergeben können.«

Melzer nickt. Für ihn ist klar, was das heißt. Henschel will den Sack so rasch wie möglich zubinden. Die Fakten liegen auf dem Tisch, da will er sich später nicht den Vorwurf machen lassen, man habe zu träge reagiert und wäre bei der Bearbeitung lahmarschig gewesen. Hier geht es nicht um Wochen oder Tage, sondern um Stunden, nicht um Ruhm und Sensation, sondern um solide, zügige Ermittlungsarbeit.

Der Leutnant hat verstanden.

Gegen zehn Uhr meldet sich Martha am Einlass. Melzer wird per Telefon informiert. Er eilt nach unten, um sie abzuholen. Er begrüßt die Frau freundlich und erspart sich die Frage, wie sie die Nacht verbracht habe: Die Antwort steht ihr ins Gesicht geschrieben. Dunkle Ringe umschatten die leicht geröteten Augen, vermutlich hat sie die ganze Nacht ins Kissen geheult.

In Melzers Büro wartet bereits die Schreibkraft, die die Vernehmung protokollieren wird. Sie thront hinter einer Schreibmaschine und nickt nur teilnahmslos, als Martha sie beim Eintreten grüßt. Ihr Gesicht gleicht einer Verschlusssache. Sie haut in die Tasten, was man ihr diktiert. Alles andere interessiert sie nicht. Außerdem ist alles, was sie hört und schreibt, vertraulich, das hat sie bei Übernahme der Funktion unterschreiben müssen. Sie schützt sich darum, indem sie nichts, was sie hört und sieht, an sich heranlässt. Alles perlt an ihr ab wie von einem Regenumhang.

Melzer befragt Martha zunächst zur Person. Die Schreibmaschine klappert, Personalien und biografische Entwicklung werden von Melzer zu einem knappen Prosatext verdichtet und diktiert.

Dann schließlich kommt er auf den Tatablauf zu sprechen. Martha wiederholt die Geschichte, die sie bereits gestern schilderte. Dieses oder jenes Detail fehlt oder wird von ihr hinzugefügt, was Melzer in der Annahme bestärkt, dass nicht sie, sondern der Kindsvater die treibende Kraft war. Das reicht noch nicht einmal zur Anstiftung oder gar Beihilfe, denkt er, und er ist zudem überzeugt, dass das Gericht auch das Wohl der sechs Kinder im Auge haben wird, wenn es urteilt. Denn würden beide Eltern inhaftiert, kämen die Kinder ins Heim, weil niemand da ist, der sich um die Jungen und das Mädchen in dieser Zeit kümmern würde. Eine Heimunterbringung wäre keine gute Lösung für die Kinder, keine Erzieherin, und sei sie noch so einfühlsam und warmherzig, kann die Mutter ersetzen. Und zudem stünde zu befürchten, dass die Kinder aus formalen Kapazitätsgründen auf mehrere Einrichtungen verteilt würden. Damit wäre die Familie endgültig zerrissen.

Das alles geht Melzer durch den Kopf, als er die Fragen formuliert und Marthas Antworten in die Maschine diktiert. Er ist im wohlmeinenden Sinne befangen, was sich in der Diktion des Protokolls niederschlägt. Er reduziert die moralische Schuld keineswegs, wohl aber die juristische.

Nach knapp zwei Stunden ist Martha entlassen. Sie hat jede Seite der Mitschrift aufmerksam studiert und ihren Namen handschriftlich darunter gesetzt und sich erkundigt, wie es nun weitergehen würde. Melzer sagt, dass er heute Nachmittag auch ihren Mann anhören werde. Danach werde der Staatsanwalt entscheiden.

»Sie nehmen mir doch nicht etwa die Kinder weg?«

»Ich ganz gewiss nicht«, sagt Melzer und wuchtet seine knapp zwei Zentner in die Höhe. Und ohne sich dabei zu weit aus dem Fenster zu lehnen, meint er noch, dass alle mit dem Fall Befassten verantwortungsvoll entscheiden würden, das heiße zum einen Recht und Gesetz durchzusetzen und zum anderen jedem Gestrauchelten zu helfen.

Natürlich, dessen ist sich Melzer bewusst, klingt das sibyllinisch, aber er kann der Frau keine Hoffnungen machen, die sich am Ende nicht erfüllten.

Am Nachmittag sucht er in Begleitung eines Volkspolizisten in Uniform den Betrieb des mutmaßlichen Kindsmörders auf. Den Polizisten hat er nur als Staffage dabei, Melzer ist davon überzeugt, dass der Mann ihm auch ohne Begleitung ins Volkspolizeikreisamt folgen wird. Aber ein wenig Staatsmacht zu demonstrieren, kann nie schaden. Außerdem werden die Kollegen ohnehin irgendwann aus der Zeitung, spätestens jedoch nach dem Prozess, erfahren, was dort in der Stadtrandsiedlung im Vorjahr geschehen ist.

Melzer erkundigt sich bei der Einlasskontrolle am Tor, wo

er die Betriebsleitung findet. Er zückt seine Klappkarte am Lederriemen und weist sich aus. Bei dem Polizisten ist die Uniform Ausweis genug.

»Soll ich den Direktor informieren, dass Sie kommen?«, fragt der Pförtner, »oder sind Sie angemeldet.«

Melzer schüttelt den Kopf. »Nein, das ist ein Überfall.«

»Und in welcher Angelegenheit?«

Der Kriminalist schüttet sich aus vor Lachen. »Das ist ein echt guter Witz. – In welcher Angelegenheit überfallen Sie uns, fragte der Bankangestellte den maskierten Räuber. In der Angelegenheit eines Banküberfalls, antwortete der … Scherz beiseite: Das werde ich dem Betriebsleiter schon selber erklären.«

Der Mann am Einlass hat verstanden, weist auf das zweigeschossige Verwaltungsgebäude und greift dann zum Telefon. Melzer und sein grüner Sozius marschieren quer über den Betriebshof. Es herrscht ziemliche Ruhe. Vermutlich sind die meisten Baufahrzeuge unterwegs, und nur aus der Werkstatt hört man geschäftiges Treiben.

Die Sekretärin erwartet die beiden bereits am Eingang. Die Frau mittleren Alters mit den blondierten Haaren und dem engen Rock begrüßt sie freundlich. »Ich gehe mal voran«, sagt sie.

Der Direktor, ein jovialer, untersetzter Mann mit Parteiabzeichen am Jackett, kommt hinter dem Schreibtisch hervor. »Bitte«, sagte er und deutet auf die Sitzgruppe in der Ecke seines Büros. »Um was geht's?«

»Nicht um *was*, sondern um *wen* geht es«, korrigiert ihn Melzer ein wenig oberlehrerhaft, dabei wollte er nur ein wenig komisch sein. »Wir hätten gern mit den Kollegen Ernst K. gesprochen. Ist der auf dem Hof?«

»Moment, ich frage mal nach.« Der Direktor geht zur Tür und erkundigt sich im Vorzimmer.

»Da haben Sie aber Glück, der ist gerade von einer Fuhre zurück. Soll Margot ihn holen?«

Melzer schaut auf seinen Kollegen in Uniform. »Ja, warum nicht.« Vielleicht ist die unauffällige Art auch nicht so falsch. Das würde die Gerüchteküche nicht ganz so befeuern, als zögen sie Ernst K. vor aller Augen vom Kutschbock, denkt er.

»Kann ich erfahren, was Sie von Ernst wollen?«

Melzer tut so, als habe er die Frage nicht gehört. Stattdessen erkundigt er sich, wie der Kollege Ernst so sei. Auf Arbeit, als Mensch und so.

Der Betriebsleiter bläst die geröteten Wangen auf. Auch die Nase wird von kleinen Äderchen durchzogen. Er scheint nicht unbedingt ein Asket zu sein, einen guten Tropfen verschmäht er gewiss nicht, denkt Melzer und liegt damit vermutlich nicht neben der Wahrheit. Aber er sitzt ja selbst im Glashaus und sollte darum nicht einmal in Gedanken mit Steinen werfen.

»Ernst ist zuverlässig und fleißig. Wir haben ihn schon mehrmals als Aktivist ausgezeichnet. Ein guter Mann.«

»Und wie ist er so als Vater?«

»Da kommen keine Klagen. Ich glaube, er hat fünf oder sechs Kinder zu Hause. Um die kümmert sich seine Frau. Sie hat früher mal im VEB Volltuch gearbeitet, glaube ich, aber seit Jahren schon nicht mehr. Was ja auch verständlich ist. Da Ernst Alleinverdiener ist, lassen wir ihn natürlich bevorzugt Sonderschichten machen, wo es etwas mehr gibt. Und wenn er nach der Arbeit noch Taxifuhren bei seinem Onkel macht, habe ich auch nichts dagegen, so lange es sich nicht auf seine Arbeit bei uns auswirkt. Er ist nicht mein Leibeigner.«

»Und, wirkt es sich auf seine Arbeit im Betrieb aus?«

»Nicht die Spur. Ernst vermag Privates und Dienstliches sehr gut auseinanderzuhalten.«

»Daraus schließe ich, dass Ihnen auch nichts über sein Privatleben bekannt ist.«

»Ja, darüber erzählt er nie etwas. Selbst wenn er mich hin und wieder nach Dresden oder Berlin kutschiert, bleibt das

Thema unberührt. Wir sprechen dann über Fußball und die Planerfüllung, übers Wetter und Bauprojekte, aber nie über die Familien. Ich kann mich mit ihm noch nicht einmal übers Fernsehprogramm unterhalten, denn er hat noch nicht einmal ein Fernsehgerät.«

An der Tür klopft es.

»Herein.«

Es ist die Sekretärin. »Ernst ist da.«

»Soll reinkommen.«

Ein großgewachsener, schlanker Mann in den Dreißigern tritt ein. »Tach«, sagt er selbstbewusst, »ich soll mich melden.«

Melzer schraubt sich aus dem schweren Ledersessel.

»Die Herrn sind von der Polizei, sie wollen sich mit dir unterhalten.« Der Betriebsleiter nickt.

Melzer sagt auch »Tach« und nennt seinen Namen. Er hätte einige Fragen, aber die möchte er nicht hier stellen. Er bitte ihn, sie zum VPKA zu begleiten. »Zur Klärung eines Sachverhalts, wie es so schön heißt.« Melzer ist förmlich, aber freundlich.

»Um was geht's?«, erkundigt sich der Kraftfahrer.

»Das werde ich Ihnen auf dem Revier erzählen.«

Ernst blickt zum Chef. »Ich habe zu tun, kann jetzt nicht weg.« Doch der Direktor nickt. Er könne ruhig mitgehen, er kläre das mit dem Dispatcher. Und an Melzer gewandt: »Dauert es lange?«

Melzer hebt die Achsel.

»Also gut, dann nehme ich dich heute aus der Planung, und morgen kommst du zur Schicht.«

Melzer will schon sagen, dass er dies eher für unwahrscheinlich halte und der Genosse Direktor besser nicht mehr mit Ernst K. rechnen und planen solle, und das auf unbestimmte Zeit. Doch er beißt sich rechtzeitig auf die Zunge. Warum soll er eine solche Drohkulisse aufbauen?

In Ordnung, sagt Ernst, wobei sich, wie es Melzer scheint,

das demonstrative Selbstbewusstsein von vorhin verflüchtig hat. Als habe ihn sein Chef fallengelassen.

Melzer öffnet das Fenster seines Büros und lässt frische Luft ein. Immer wenn er von draußen kommt, verspürt er besonders die abgestandene Luft, diesen Bürogeruch, der hier schon seit Jahrzehnten in den Räumen und Fluren hängt. Er hat sich eingefressen in die Wände und in den Fußboden. Die Bilder der Staatsoberhäupter und die politischen Verhältnisse wechselten, aber das Haus und seine Bestimmung blieben. Man kann noch nicht einmal sagen, dass es sich gehäutet hätte. Ein neuer Farbanstrich war keine neue Haut. Es war nur Kosmetik. In allen Systemen – unterm Kaiser, in der Weimarer Zeit, bei Adolf und seit dem Krieg unter den Kommunisten – arbeiteten hier Staatsdiener. Und die meisten von ihnen taten es mit Hingabe an den Beruf. Die tausend Jahre zwischen 1933 und 1945 würde Melzer ausklammern wollen, doch er wusste, dass auch damals, zumindest in der ersten Zeit, etliche der übernommenen Beamten sich mehr dem Gesetz als der Naziideologie verpflichtet fühlten. Sie waren dann nach und nach aussortiert oder in das Prokrustesbett der Nazis gezwungen worden. Sie wurden objektiv Teil des Terrorapparates, der nach 1945 konsequent von den Sieger- und Besatzungsmächten zerschlagen wurde. Danach hatte es den Kehraus in jener Zeit gegeben, die die antifaschistisch-demokratische Umwälzung genannt wurde. Und danach, in der DDR, waren neue, frisch ausgebildete Polizisten und Kriminalisten eingerückt. Er gehörte zu dieser Generation. Mit ihnen war zwar ein neuer Geist ins alte Gemäuer gezogen, doch der Behördengeruch ist geblieben.

»So, dann nehmen Sie mal Platz.« Melzer wies auf den Stuhl vor seinem Schreibtisch, auf dem vor wenigen Stunden noch Martha K. gesessen hatte. Dann griff er zum Hörer und bat Frau Krause aus dem Schreibbüro zu sich. Sie hatte bereits die Vernehmung am Vormittag protokolliert.

Nachdem sie das Blatt mit den drei Durchschlägen in die Maschine gespannt hatte, begann Melzer wie gewohnt. Der Mann antwortete auf alle Fragen ruhig, ohne große Schnörkel. Erst als Melzer auf das eigentliche Thema zu sprechen kam, beobachtete er Anflüge von Nervosität.

»Ihre Frau hat im Vorjahr eine Fehlgeburt erlitten?«

»Ja.«

»Wissen Sie darüber Genaueres?«

Ernst K. schüttelt den Kopf. »Wir haben darüber nicht groß gesprochen. Sie hat gesagt, es ist abgegangen, mehr nicht.«

»Können Sie sich erinnern, wann genau das gewesen sein soll?«

»Keine Ahnung. Habe ich vergessen.«

»Das kann ich mir denken.« Jetzt wird Melzer entgegen seiner Absicht doch noch ironisch. »Es hat diese Fehlgeburt nämlich überhaupt nicht gegeben. Ihre Frau hat das Kind nach neun Monaten zur Welt gebracht!«

»Wer sagt das?«

»Ich.«

»Können Sie das beweisen?«

»Ich nicht, aber der Frauenarzt in der Schwangerenberatung. Bei der Untersuchung Ihrer neuerlich schwangeren Frau hat er Hinweise auf eine Geburt gefunden.«

Ernst Krause lacht auf. »Das überrascht mich nicht. Meine Frau hat sechs Kinder zur Welt gebracht.«

»Ja, das stimmt. Aber bei keiner Geburt riss der Damm. Das ist in den Unterlagen dokumentiert. Das passierte beim letzten Mal. Und diese Geburt, so der Arzt, erfolgte ohne Hebamme oder medizinische Begleitung, denn die Wunden, die sich Ihre Frau bei der Geburt des vermutlich besonders kräftigen Kindes zuzog, wurden nicht versorgt. Das zeigen die Narben.«

Der Mann reagiert nicht, er schweigt. Im Gesicht ist keinerlei Regung zu sehen. Kein Zucken, kein Verziehen einer Augenbraue oder der Mundwinkel. Nichts.

»Haben Sie dazu nichts zu sagen?«

»Ich bin kein Gynäkologe.«

»Aber Sie waren dabei.«

»Wobei?«

»Bei der Geburt.«

»Da täuschen Sie sich. Ich war noch nie in meinem Leben in einem Kreißsaal.«

»Das glaube ich Ihnen sofort. Aber ich sagte ja, dass die in Rede stehende Geburt außerhalb und nicht in einem Krankenhaus erfolgte.«

»Ja? Wo denn?«

»In Ihrer Waschküche. Und Sie waren dabei. Und damit Sie nicht auch das abstreiten: Es gibt dafür einen Zeugen.«

»Ach ja«, höhnt Ernst Krause, der Kraftfahrer.

»Ihre Frau hat ausführlich die Nacht beschrieben, in der sie niederkam.«

Schweigen.

»Sie hat auch erzählt, dass sie von Ihnen gezwungen worden war, die Schwangerschaft zu verschweigen. Sie handelten also zielgerichtet und mit Vorsatz.«

»Ach nee. Hat sie aber auch ausgeplaudert, dass sie das Kind nicht haben wollte? Sie war es doch, die mir immer in den Ohren gelegen hat, dass wir kein weiteres Kind mehr gebrauchen können.«

»Herr Krause, ich bin mir ziemlich sicher, dass Sie lügen. Wenn dies nämlich zuträfe, dann hätte sich Ihre Frau nicht in dieser Woche bei der Schwangerenberatung vorgestellt. Sie ist schwanger und will das Kind. Sie wird auch das andere Kind gewollt haben. Nur haben Sie sich damals bei ihr durchgesetzt. Das ist die Wahrheit.«

»Ich sage dazu nichts.«

»Nun, dann wird die Aussage Ihrer Frau vor Gericht als die einzige stehenbleiben«, sagt Melzer. Das ist natürlich ein wenig demagogisch, denn es sagt nichts über den Wahrheitsgehalt. Im Übrigen ist die Beantwortung dieser Frage aber von sekundärer Bedeutung. Entscheidend ist etwas anderes.

»Hat das Kind nach der Geburt noch gelebt?«

»Nein.«

»Sind Sie sich da sicher?«

»Nein.«

»Warum glauben Sie also, dass es bereits tot war, als es zur Welt kam.«

»Es hat nicht geschrien.«

»Haben Sie etwas unternommen, dass es schreit? Sie wissen doch, dass die Hebamme mitunter nachhilft und dem Neugeborenen einen Klaps auf den Hintern gibt.«

»Hm.«

»Was hm? Haben Sie nachgeholfen?«

»Ich habe ihm mit einem nassen Lappen die Schmiere abgewischt.«

»Und dabei haben Sie den Lappen besonders lange auf das Gesicht gedrückt. War es so?«

»Keine Ahnung. Noch einmal: Nach meiner Überzeugung war das Kind bereits tot.«

»Warum haben Sie es dann mit einem Lappen abgewischt? Das war dann doch unnötig?«

Der Mann zögert. Er ist klug genug zu wissen, dass er sich nun verheddert hat. Eigentlich ist ihm schon alles egal. Er beginnt zu kalkulieren und nimmt eine Güterabwägung vor. Wenn er weiter abstreitet, werden sie ihm dennoch nachweisen, dass er dabei war und das Kind getötet hat. Wenn er jedoch reinen Tisch machte, kann er vielleicht auf mildernde Umstände rechnen. Da gibt es vielleicht weniger. Er weiß ohnehin nicht, mit welcher Strafe zu rechnen nicht. Viel wird es wohl nicht geben. Das war schließlich nur ein Neugeborenes, kein Mensch, wenn man so will. Und auch kein Mord, sondern eine Art Unfall. Das kommt ja hin und wieder vor, dass unmittelbar nach der Geburt Kinder sterben.

»Also gut«, beginnt Ernst Krause und holt tief Luft. »Ich werde erzählen, wie es war.«

Er beginnt mit der Schwangerschaft seiner Frau und wie sie gemeinsam diese verheimlicht haben. Berichtet dann, wie sie sich auf die Niederkunft vorbereiteten und er in der Waschküche alles bereitlegte. Und dann erzählt er detailliert, wie sich die Entbindung vollzog. Vom Geburtsvorgang und Marthas Blutsturz, wie er den Lappen auf das Gesicht des Kindes drückte und es anschließend in den Ofen schob.

»Am nächsten Tag habe ich alle Spuren beseitigt. Auch die Asche habe ich entsorgt. Da lagen noch Knöchelchen drin.«

»Was heißt entsorgt? Wohin haben Sie die Asche gebracht.«

»Ich habe im hinteren Teil des Gartens, wo das Brombeergestrüpp ist, eine Loch gegraben, zwei Spatenstiche tief.«

»Und dort haben Sie gleichsam die Überreste Ihres Kindes beigesetzt?«

»Kann man so sehen.«

»Wie pietätvoll«, bemerkt Melzer sarkastisch. »Was war es überhaupt: ein Junge oder ein Mädchen?«

»Ein Junge. Noch einer.«

Melzer beendet die Vernehmung und klingelt nach einem Polizisten.

»Was passiert jetzt?«

»Sie kommen erst einmal in Untersuchungshaft. Morgen werden wir mit den Kriminaltechnikern zu Ihrem Grundstück fahren. Dort werden Sie uns die Stelle zeigen, wo Sie die Asche vergraben haben.«

»Und dann?«

»Das ist Sache der Staatsanwaltschaft. Damit habe ich nichts mehr zu tun.« Melzer streicht sich über seinen Igel.

»So, hier das Protokoll der Vernehmung. Lesen Sie es durch. Wenn es Änderungen gibt, nehmen Sie diese handschriftlich vor, notieren aber am Rand mit Ihrem Signum: geändert. Und dann bitte rechts unten auf jeder Seite unterschreiben.«

Am nächsten Morgen treffen sich die Kriminalisten zur Dienstberatung. Henschel ist zufrieden, die Sache ist im Wesentlichen abgeschlossen und wasserdicht. Beide Tatverdächtigen haben gestanden. Wenn die Kriminaltechniker Knochenreste an der angegebenen Stelle im Garten finden, wäre das noch der Punkt auf dem I. »Ich werde den Staatsanwalt informieren, der soll den Haftbefehl zunächst für die Untersuchungshaft ausfertigen«, sagt Henschel.

»Für wen? Doch nur für den Mann?« Melzer ist ein wenig irritiert.

»Natürlich für beide. Es handelt sich um ein schweres Verbrechen, an dem beide beteiligt waren. Sie haben gemeinschaftlich einen Mord begangen, Genosse Leutnant.«

»Ja, aber die Kinder? Wir können ihnen doch nicht Vater und Mutter nehmen?«

Henschel zuckt mir der Achsel. Er verstehe, was Melzer damit meine, aber sie seien die Ermittlungsbehörde, nicht das Gericht. Dort werde entschieden, wie zu verfahren sei. Er werde aber schon mal mit dem Jugendamt sprechen. Das werde er für die Kinder verantwortlich machen, bis die Mutter aus der U-Haft entlassen werde. Denn dass auch sie erst einmal arretiert werden müsse, stehe für ihn außer Frage. »Wenn sich herumspricht, wessen die beiden beschuldigt werden, wird es in der Bevölkerung kein Verständnis dafür geben, liefe sie frei in der Stadt herum. Gleiches Recht für alle, die Gesetze gelten ausnahmslos, verstehst du, Genosse. Wir sind ein sozialistischer Rechtsstaat.«

»Aber ist das nicht ungerecht, wenn die Familie auseinandergerissen wird und die Kinder darunter leiden müssen? Die sind doch unschuldig.«

»So unschuldig wie der ermordete Säugling! Du hast recht: Das ist eine schwere Entscheidung. Bloß gut, dass wir nicht in der Haut des Richters stecken.«

Noch am Vormittag desselben Tages rücken etliche Polizeifahrzeuge in die Stadtrandsiedlung aus. Ernst Krause weist den Kriminaltechnikern die Stelle im Garten, an der er damals die Asche vergraben hat. Sie arbeiten ganz vorsichtig und sieben mit großer Vorsicht die Erde.

Inzwischen recken die Nachbarn die Hälse. Wenn gleich drei Autos vor einem Grundstück in der Siedlung halten, weckt das zwangsläufig Neugier. Und dann auch noch die Polizei!

Auf die Rufe (»Was ist denn hier passiert? Wonach suchen Sie?«) reagiert keiner. Auch Ernst Krause schweigt beharrlich. Er verfolgt aufmerksam, wie die Männer von der K Spaten um Spaten Erdreich aufs Sieb werfen und dieses rütteln.

Da! Zwei winzige Knochensplitter liegen auf dem Rost, grau und nass von der Feuchtigkeit des Bodens. Es handelt sich ohne Zweifel um Überreste des Kindes. Von einem Hund verscharrte Knochen sehen anders aus.

Die Kriminaltechniker versenken die Splitter in einem Briefumschlag und machen weiter.

Melzer weist einen Polizisten an, Ernst Krause zum Auto zu bringen und ihn wieder in der U-Haftanstalt abzuliefern. Er möchte nicht, dass er – in Handschellen gefesselt – noch länger Opfer der gaffenden Nachbarn ist. Außerdem ist seine Mission hier erledigt.

Inzwischen sind auch die Kollegen vom Jugendamt eingetroffen. Sie sollen die sechs Kinder abholen, die befristet in Heimen untergebracht werden sollen.

Der Gang ins Haus fällt Melzer sichtlich schwer.

Drinnen wird er bereits von Martha erwartet. Sie hat durchs Fenster das Großaufgebot im Garten gesehen, auch ihren Mann, und es darum verständlicherweise vorgezogen, nicht vor die Tür zu treten. Auch den Kindern hat sie verboten, in den Garten zu laufen. Die Großen fragten, warum Papa nicht ins Hause käme und was er da Komisches an den Händen habe, dass er diese nicht bewegen könne.

»Frau Krause, ich habe hier einen Untersuchungshaftbefehl«, sagt Melzer und weist ihr das feuerrote Blatt vor. Sie wirft nur einen flüchtigen Blick darauf. Dann sieht sie den Leutnant an. »Und die Kinder?«

»Um die kümmert sich das Jugendamt. Ich bitte Sie, den Kindern etwas Wäsche und Kleidung einzupacken und mitzugeben.

Ich hole, wenn Sie damit einverstanden sind, die beiden Frauen herein. Die können Ihnen beim Packen behilflich sein. Und vielleicht geben Sie ihnen auch den Schlüssel für die Haustür, so dass sie nötigenfalls später noch Sachen holen können …«

Er sieht, wie Martha in Tränen ausbricht, und dann macht er etwas, was er als Kriminalist nicht mit einer Täterin tun dürfte: Er nimmt die zierliche, kleine Frau behutsam in den Arm.

Es sei bestimmt nur für kurze Zeit, sagt er, sie solle sich keine zusätzlichen Sorgen machen, für die Kinder werde gesorgt. Sie würden schon bald wieder hierher zurückkehren. Zurück zu ihrer Mutter.

Die beiden Frauen vom Jugendamt, von Melzer hereingewinkt, gehen Martha wortlos zur Hand, als diese die Koffer mit Kindersachen füllt. »Auch Spielzeug?« Die Frauen schütteln den Kopf. »Allenfalls für die Kleinen das Lieblingsspielzeug, das sie unbedingt brauchen.«

Beim Abschied drückt und küsst Martha die Kinder. Es wäre nur ein kurzer Ausflug, tröstet sie die verstörten Kleinen. Die Oma werde sie besuchen kommen. »Und du? Kommst auch du vorbei?«

»Bestimmt«, sagt sie und wirft einen verstohlenen Blick Richtung Melzer. Der bemerkt ihn und reagiert darauf nicht. Was soll er auch sagen? Er weiß es wirklich nicht, wie lange Martha Krause in Haft bleiben muss.

Dann klappen die Autotüren, die beiden Fahrzeuge des Jugendamtes rollen davon. Auch Martha Krause hat inzwischen ihre persönlichen Sachen in eine Tasche geworfen, Waschzeug und Nachthemd inklusive. Gemeinsam mit Melzer verlässt sie das Haus. Sie schließt die Tür ab und drückt ihm den Schlüssel in die Hand. »Ihnen vertraue ich mehr als den Nachbarn. Schauen Sie bitte ab und zu nach dem Rechten.«

Melzer nickt.

Sie steigen ins letzte Auto, das noch auf der Straße vorm Grundstück parkt. Die Kriminaltechniker sind schon lange abgerückt.

Martha Krause wird schon bald in das Haftkrankenhaus verlegt. Dort verbleibt sie bis zur Entbindung. Der Prozess findet erst nach der Geburt ihrer Tochter statt. Man wollte der Schwangeren die psychische Belastung des Gerichtsverfahrens ersparen.

Die Verhandlung erfolgt vor dem Bezirksgericht Dresden. Über das Urteil informiert die *Sächsische Zeitung* in einer kleinen Notiz. Wegen Mordes wird der Kraftfahrer Ernst Krause zu einer Haftstrafe von zehn Jahren verurteilt, wegen Beihilfe seine Frau zu zweieinhalb Jahren. Die Unterbringung im Haftkrankenhaus wird auf die Strafe angerechnet, so dass die verbleibenden vierundzwanzig Monate zur Bewährung ausgesetzt werden können.

Ein halbes Jahr nach ihrer Verhaftung kann die Mutter in ihr Haus in der Görlitzer Stadtrandsiedlung zurückkehren und ihre Kinder wieder in die Arme schließen. Die sind alle ganz stolz auf das neue Familienmitglied, ihr Schwesterchen.

Ernst Krause wird wegen guter Führung vorzeitig aus der Haft entlassen. Auch er kehrt zu seiner Familie zurück, nimmt wieder die Arbeit auf und ist bis zum Eintritt ins Rentenalter berufstätig. Jahre nach der »Wende« verstirbt er.

Seine Witwe, inzwischen dement, lebt in einem Stift in Görlitz und wird dort regelmäßig von den Kindern besucht.

# Amok

Was für eine Frau! Seit Jahren, vermutlich zum ersten Mal seit Ellas Tod, fühlt er sich wieder einmal als Mann. Klaus hatte gut daran getan, ihn mitzunehmen. Wie immer hatte er sich zunächst gesträubt. Er wollte nicht mit zu diesem Ball der einsamen Herzen. Nein, hatte er abgewehrt, diese Fleischbeschau sei nichts für ihn. Da kämen doch nur mittelalterliche Frauen hin, die in jungen Jahren keinen Kerl abgekriegt haben – wofür es gewiss Gründe gegeben hatte. Und nun suchten sie entweder das kurze Vergnügen oder den Zeitvertreiber für den Lebensabend. Dafür sei er nicht zu haben. Er sei kein Witwentröster.

Ob er denn schon mal dort gewesen sei, erkundigte sich Klaus. Er schließe das daraus, weil er sich offenkundig auskenne, und grinste dabei.

Henry machte eine wegwerfende Handbewegung.

Also nicht.

Das sei ganz anders.

Was, keine Witwen? Keine dicken Weiber? Keine lüsternen alten Säcke, die auf dicke Hose machen und die mannstollen Schreckschrauben über die Tanzfläche schieben? Henry kommentierte gleichermaßen ungläubig wie abwehrend die Werbungsversuche seines Freundes.

Der ließ nicht locker. Erstens wäre es wohl normal, wenn Menschen mittleren Alters nicht mehr zur Disko gingen, wo sich das junge Gemüse herumtreibe. Das wäre dann nur peinlich. Also wäre es doch, zweitens, völlig normal, wenn sich die reifere Jugend an anderen Orten vergnügte. Und schließlich, bei allem Respekt, auch Henry sei Witwer. Wieso mache er es anderen, die ebenfalls in der Mitte ihres Lebens ihren Partner verloren haben, zum Vorwurf, wenn sie nicht bis ans Ende ihrer Tage allein bleiben wollten und darum nach einem neuen Lebenspartner suchten? Er solle doch nur mal ins *Magazin* schauen und die seitenlangen Partnerschaftsanzeigen studieren: Sie sucht ihn, er sucht sie, sie sucht sie, er sucht ihn … Dort inserierten keine Backfische.

Henry kennt die Rubrik. Er studiert sie nicht nur jeden Monat, wenn das *Magazin* als Bückware unterm Tisch am Kiosk liegt und er es nur dank guter Beziehungen erhält. Er gibt der Verkäuferin drei statt einer Mark, was die bunte Postille mit dem Aktfoto tatsächlich kostet. Sie vermutet, dass er nur wegen dieser Rarität das Heft verlangte und nicht wegen der Textbeiträge, doch da täuscht sich die gute Frau. Henry schaltet selbst regelmäßig Suchanzeigen. »Auch wenn ich Steinmetz bin, bin ich nicht aus Stein. Witwer, Ende dreißig, mit Sohn, sucht selbstbewusste Frau, die sich nicht als Efeu versteht.« Er findet den Text sehr originell, was dieser für seine Verhältnisse wohl auch ist. Doch unter den vielen mit Chiffre eingehenden Briefen, meist mit Foto, ist bislang nicht eine Offerte gewesen, die in veranlasst hätte, überhaupt zu reagieren. Es dominierte genau jener Typus, den er auch beim Ball der einsamen Herzen anzutreffen fürchtet. Und darum weigert er sich hartnäckig, dem Drängen seines Freundes nachzugeben.

Irgendwann kapituliert er jedoch. Er ist ja frei in der Gestaltung des Feierabends, denn Lars, sein vierzehnjähriger Sohn, lebt seit dem Tod von Ella bei seinen Großeltern. Er kann also nach der Arbeit in der Werkstatt tun und lassen, was er mag. Er muss niemanden fragen oder Rücksicht nehmen. Meist jedoch macht Henry überhaupt nichts, sondern liegt ermattet von der harten Arbeit vor der Glotze, trinkt sein Feierabendbier und wacht erst wieder auf, wenn's auf dem Bildschirm schwarzweiß grieselt und in Berlin-Adlershof schon längst alle Stecker gezogen sind. Sein alter Kumpel Klaus, mit dem er in den 1950er Jahren schon zusammen zur Schule gegangen war und mit dessen Familie er verbunden ist, beobachtet mit Sorge, wie Henry versauert.

Ob er bis zu seinem Tode auf diese Weise die Jahre verbringen wolle? Er habe doch noch mindestens die eine Hälfte des Lebens vor sich.

Das leuchtet ihm ein. Henry hat sich doch nicht deshalb zurückzogen, weil er noch immer der Liebe seines Lebens nachtrauert. Das erledigt sich irgendwann, was nicht bedeutet, dass er nicht hin und wieder an Ella denkt. Ihre Abwesenheit ist jedoch alltäglich geworden, und darum hat er sich auch an die Leere gewöhnt. Der Mensch ist nun einmal ein Gewohnheitstier, sagte er sich, als ihm dies bewusst geworden war und ihn erschreckte. Nein, er fürchtet die Enttäuschung. Was wäre, wenn er an eine Frau geriete, die völlig anders als Ella ist? Gut, darüber ist er sich natürlich im Klaren, dass er keine Kopie finden würde. Aber allzu sehr sollte sich eine andere nicht von seiner früheren Frau unterscheiden. Und das betraf nicht nur das Aussehen, den Typ. Vor allem sollte sie charakterlich so sein wie Ella. Lieb, anschmiegsam, durchaus eigenständig und selbstbewusst, aber irgendwie doch angepasst. Er wollte schon selber weiter die Hosen tragen. Die Furcht, an eine dominante Person zu geraten, hielt ihn bisher von öffentlichen Heiratsmärkten fern.

Diesmal jedoch hat er nachgegeben. Und ist nicht unfroh darüber. Sie ist ihm gleich aufgefallen. Eben wegen der Hinterfront. Henry sagt von sich selbst, dass er ein Arschtyp sei. Die Form des verlängerten Rückens bei einer Frau ist ihm mindestens so wichtig wie ihre Augen. Er bevorzugt warme, braune Augen. Und Apfelärsche, die nicht ausladend sein dürfen. Ella besaß so ein knabenhaftes, knackiges Hinterteil. In jede Hand passte eine Po-Hälfte, wenn er Ella liebevoll umfasste. Und das tat er oft.

Und nun diese Entdeckung! Er hatte die junge Frau von der Bar aus aufmerksam studiert, sie beobachtet, während er an seinem Bierglas nippte. Klaus, der sich mit seiner eigenen Frau leidenschaftlich auf der Tanzfläche austobte, blieb diese dauerhafte Observation nicht verborgen. Mensch, nun fordere sie doch endlich auf, hatte er gesagt. Du frisst sie ja mit den Augen fast auf. Henry nahm schließlich seinen ganzen Mut zusammen. Beim Tanzen, natürlich auseinander, sie schüttelten nebeneinander wie die meisten um sie herum nur die Glieder, redeten sie kein Wort. Nach den obligatorischen drei Stücken applaudierten sie der Combo, und er fragte sie, ob er sie an die Bar einladen dürfe. Das sei ihm der liebste Platz.

Er half ihr auf den Hocker.

»Sekt?« Sie lächelt und nickt.

»Zwei Sekt«, ruft Henry dem Barkeeper zu.

»Russischen oder Rotkäppchen?«

»Natürlich Krimskoye«, sagt Henry. Der ist teurer und zeigt gleich, dass er es sich leisten kann, nicht auf die Mark zu achten.

»Sind Sie hier zum ersten Mal? Ich habe Sie hier noch nie gesehen?«

Aha, denkt Henry enttäuscht. Eine Stammkundin.

»Ja. Mich hat mein Freund mitgenommen. Der sitzt dort drüben mit seiner Frau.« Demonstrativ winkt Henry zum Tisch hinüber, sein Winken wird erwidert. Aha, er steht also unter Beobachtung. Na, egal, sagt er sich und reicht ihr den Sektkelch, den der Mann hinterm Tresen vor sie hinstellte. »Ich heiße Henry«, sagt er und stößt sein Glas gegen das ihre.

»Und ich Manuela. Zum Wohl.«

Sie nimmt einen kleinen Schluck und lächelt ihn aus braunen Augen unterm schwarzen Pony an. Die Frisur hat sie wohl bei Mireille Mathieu abgeschaut, aber das wird Henry sie nicht fragen. Das wäre unhöflich. Jede Frau hält sich für einmalig, was sie gewiss auch ist, sie würde darum nie zugeben, dass sie eine andere kopierte. Allenfalls, dass sie »Anregungen« genommen habe. Auch Manuelas Figur scheint der französischen Sängerin nicht unähnlich zu sein. Aber das wurde ihr in die Wiege gelegt, die kann man sich nicht zulegen wie eine Frisur.

»Bist du aus Görlitz?« Irgendwie muss das Gespräch ja in Gang kommen, nichts quält so sehr wie Schweigen. Doch Henry ist untrainiert, er weiß nicht, wie man flirtet. Nicht nur aufgrund fehlender Übung. Er hat noch nie im Leben Süßholz geraspelt. Seine Ella hatte er auf einem FDJ-Treffen in Berlin kennengelernt. Sie gehörten beide der Delegation der Dresdner Bezirksorganisation an, waren Zehnergruppenleiter, weil sie schon etwas älter und reifer waren. Was sie aber nicht daran hinderte, ausgelassen und unverkrampft miteinander umzugehen wie die Teenager. Das Treffen zu Pfingsten in der Hauptstadt fand Fortsetzung in Görlitz. Es wurde Liebe, und als sich ein Kind ankündigte, heirateten sie. Sie hätten dies gewiss auch so getan, irgendwann, nun aber gab es gewissermaßen einen äußeren Zwang. Das Datum war gesetzt. Ihr Kind sollte in eine ordentliche Familie hineingeboren werden. Uneheliche Kindern waren zwar nicht mehr unehrenhaft, keine Schande wie vor Jahrzehnten noch, und Lebenspartnerschaften, wenngleich standesamtlich nicht beglaubigt, galten in der DDR als gleichberechtigt. Doch Henry und Ella waren Kinder ihrer Eltern und darum traditionsbewusst.

»Ich bin von hier.«

Manuelas Antwort, mit einiger Verzögerung gegeben, reißt ihn aus seinen Gedanken. »Und du?«, legt sie nach.

»Auch.«

»Was machst du?« Offenkundig wechselt die Initiative von einem zum anderen Barhocker.

»Ich?«

»Na wer denn sonst? Wir unterhalten uns doch.«

»Ooch«, sagt Henry gedehnt und tut so, als schäme er sich dafür. »Ich bin Steinmetz. Meister sogar«, ergänzt er, um sich ein wenig zu adeln.

»Das habe ich mir gedacht, dass du was mit den Händen machst«, meint Manuela und greift nach seiner Rechten. Die ist groß und schwer und ziemlich zerschrunden. Dunkle Risse ziehen sich durch die Hornhaut, und diese Einlagerungen kriegt er auch mit der Wurzelbürste nicht mehr heraus. Henry legt seine Pranke neben ihre kleine, weiche, weiße Hand, deren Nägel knallrot leuchten. Der Kontrast könnte nicht stärker ausfallen.

»Du arbeitest offenkundig weniger mit den Händen«, sagt er.

»Doch, das tue ich. Ich koche damit Kaffee, bediene das Telefon, schreibe damit auf der Maschine …«

»Du bist Sekretärin?«

»Chefsekretärin.« Sie nickt.

»So alt bist du doch noch gar nicht«, entfährt es Henry. Die Chefsekretärinnen, die er kennt, das sind, zugegeben, nicht sehr viele, tragen einen Dutt, sind meist über fünfzig und ledig, weil sie in ihrer Arbeit entweder aufgehen oder mit ihrem verheirateten Chef schlafen oder eben beides. Sie hoffen bis zur Rente darauf, dass der Chef sich von seiner Frau trennt und sie zum Traualtar führt.

Wie alt müsste seiner Meinung nach eine Chefsekretärin sein, erkundigt sich Manuela lachend.

Henry zuckt mit der Schulter. »Keine Ahnung.«

»Und falls du jetzt wissen willst, ob ich mich hochgeschlafen habe, muss ich dich enttäuschen. Mein Junge, den ich mit achtzehn bekommen habe, ist nicht von meinem Chef, sondern von einem Kerl, den ich mal für meine große Liebe hielt. Der hat sich gleich für zehn Jahre zur NVA gemeldet, als er merkte, dass ich schwanger war. Er kam nach Eggesin. Ich glaube, der hat darum gebeten, in den letzten Winkel der DDR zu kommen. Kennst du Eggesin?«

Henry schüttelt den Kopf. »Keine Ahnung. Ich war noch nie dort.«

»Das liegt oben am Stettiner Haff, hinter Torgelow und mitten im Wald. Da sind nur Kasernen und Truppenübungsplätze. Waldmeer, Sandmeer, gar nichts mehr, sagen die Soldaten, die dort hin müssen. Aber meiner ist dahin geflohen, vor mir und vor der Verantwortung. Ich habe ihn, bereits hochschwanger, in dieser gottverlassenen Gegend nur einmal besucht. Das hat mir gereicht, ich war geheilt.«

»Wovon?«

»Na von diesem Idioten. Er sei noch zu jung, um sich zu binden, hat er gesagt. Aber um sich für zehn Jahre an die Armee zu ketten, hielt ich dagegen, wäre er wohl reif genug gewesen. – Ich kam mir anschließend richtig blöd vor, weil ich glaubte, ihn zurückgewinnen zu können. Im Bus, der mich und die Urlauber zum Bahnhof nach Torgelow brachte, habe ich nur geheult.«

Sie greift zum Glas und merkt, dass es bereits leer ist. Henry hebt seine Hand mit zwei gestreckten Fingern, der Barkeeper reagiert umgehend. Er ist Profi und weiß, dass da heute noch was laufen wird. Die Flasche werden sie wohl leer machen, dann kommen Cocktails, und am Ende wird er sie abschleppen. Der heißen Nacht folgt ein Morgen mit Kopfschmerzen. Er selbst würde nie diese Katergetränke trinken, diese Bloody Marys und wie die Cocktails mit blumigen Namen alle heißen. Wieso musste man den Wodka mit Tomatensaft auffüllen und mit irgendwelchen Gewürzen aus der Flasche nachschärfen? Ein solider tiefgekühlter Wodka tat es doch auch. Wenn der wie Öl ins gekühlte Glas floss, das dann beschlug, wärmte bereits der Anblick das Herz. Dann schlug der Hochprozentige im Magen auf und verbreitete wohlige Wärme im Bauch. Davon konnte man mehrere Gläser trinken, ohne dass man anderentags einen dicken Kopf bekam. Vorausgesetzt, es handelte sich um richtiges Wässerchen und nicht um billigen Kartoffelschnaps, bei dem man schon den Fusel roch. Irgendwann taten es aber Sekt und Wein und Schnaps allein nicht mehr, es musste zusammengerührt und zusammengepanscht werden, was die Flaschen hergaben. Es galt als schick, sich mit bunten Mixgetränken die Kante zu geben. Gut, er und das Haus leben davon. Aber für wirkliche Genießer wie ihn, den Barmann, ist das nichts.

»Du lebst mit deinem Kind allein?«

»Manfred ist bereits zwölf«, sagt sie mit Stolz.

»Ist der jetzt zu Hause?« Henry lässt nicht locker, um in Erfahrung zu bringen, ob Manuela allein lebt.

Sie nickt. Er sei ja schon groß und würde ab und an schon verkraften, wenn sie mal wegginge. Sie wolle nicht an jedem Abend daheim vorm Fernseher sitzen. Das könne sie noch genug, wenn sie Rentnerin sei.

Das sei ja wohl noch eine Weile hin, sagt Henry und rechnet im Kopf nach, wie viele Jahre das sind. Die Frau ist noch um die Dreißig. Ist sie da nicht ein wenig zu jung für ihn? Ach, sagt er sich, was soll's. Mit Kopfrechnen wird der Abend nicht schöner.

»Wollen wir noch mal eine Runde drehen?« Henry rutscht vom Hocker und hebt den Pagenkopf mit dem tollen Arsch herunter. Mann, die ist ja federleicht.

Inzwischen ist der Ball der einsamen Herzen in sein Endstadium eingetreten, was unschwer an der Musik zu erkennen ist. Die ist langsam und schmelzend, die Stunde der Schnulzen ist angebrochen. Die Paare sinken ineinander, als müssten sich die beiden Menschen wechselseitig stützen. Es werden keine Tanzschritte mehr ausgeführt, man schlurft nur noch miteinander. Die Hände gleiten von der Hüfte abwärts, jetzt wird ohne Worte und handgreiflich gebalzt.

Danach kehren Henry und Manuela wieder zu ihren Plätzen an der Bar zurück. Henry nimmt Blickkontakt zum Barkeeper auf. »Was Schärferes«, sagt er.

»Bloody Mary?«, fragt der zurück und hält bereits die Cocktailgläser in der Hand.

Henry hat keine Ahnung, was das ist. Es klingt aber gut, darum nickt er. Verwundert registriert er, wie der Befrackte Worcester Sauce in den Wodka kippt. Die träufelt er in der Betriebskantine aufs Würzfleisch. Aber es wird wohl schon seine Richtigkeit haben. Vorsichtig nippt er an seinem Glas mit der Zitronenscheibe auf dem Rand. Ganz schön gewöhnungsbedürftig, denkt er, aber genießbar. Manuela hingegen nimmt die Dekoration gleich vom Glas und legt sie auf den bereitgestellten Teller. Henry ist beeindruckt, sie scheint sich damit auszukennen.

»Was macht man so als Steinmetz?«, beginnt sie das Gespräch von Neuem.

Henry schaut sie ungläubig an. »Willst du das wirklich wissen?

Manuela nickt. »Natürlich.«

»Naja«, beginnt er zögernd. »Ich behaue Steine.«

»Was für Steine?«

»Je nachdem.«

»So genau wollte ich es nicht wissen.«

»Meist Sandstein. Gelegentlich Porphyr oder Granit. Ganz, ganz selten Marmor. Gibt es ja in der DDR nicht.«

»Und wofür?«

»Manchmal sind es Restaurierungsaufträge. Ich habe sogar schon mal was für den Dresdner Zwinger gemacht. Aber meistens machen wir Grabsteine.«

»Ach, du arbeitest in der Firma beim Friedhof?«

»Du kennst unseren Betrieb?«

»So viele gibt es ja wohl nicht von der Art in der Stadt. Ist das nicht langweilig? Die Steine sehen doch alle gleich aus. Namen, Daten und mal Dürers Hände, ersatzweise das Kreuz oder einen Spruch der Art: Im Jenseits sehen wir uns wieder … Glaubst du ans Jenseits?«

Henry grient und hebt erneut zwei Finger. Der Barmann nickt, die Botschaft hat ihn erreicht. »Nee, nicht so richtig. Ich glaube, wenn man tot ist, ist man tot.«

»Und warum meißelst du dann solche doofen Sprüche in deine Klamotten?«, sagt Manuela mit inzwischen merklich schwerer Zunge.

»Weil das die Leute so wollen. Ich biete eine Dienstleistung an, keine Philosophie, verstehst du.«

Der Kellner stellt die beiden gefüllten Gläser auf den Tresen und nimmt die leeren mit.

»Bring mal gleich die Rechnung. Ich glaube, wir haben genug. Außerdem hat die Kapelle die letzte Runde angesagt.«

Und an Manuela gewandt fragt er: »Wollen wir noch mal?«

Die lehnt dankend ab. Sie würde sich nur noch mal die Nase pudern, sagt sie und weist in Richtung Toilette, dann haue sie ab.

Leicht wankend bahnt sie sich den Weg.

Wenig später stehen beide auf der Straße. Sie winken ein sogenanntes Schwarztaxi herbei. Es ist inzwischen üblich in der DDR, dass die Versorgungslücke von privaten Autobesitzern geschlossen wird. Insbesondere an den Wochenenden sammeln sie vor Tanzgaststätten die Nachtschwärmer ein und kutschieren sie für »ein Pfund«, das sind zwanzig Mark, oder etwas mehr nach Hause.

»Wollen wir zu mir oder zu dir?«, fragt Henry, für den die Nacht noch nicht zu Ende ist.

»Zu mir. Ich muss nach Hause. Der Junge kann nicht die ganze Nacht allein bleiben.«

Henry versteht den Hinweis. »Okay, ich setz dich vor der Tür ab und fahre weiter. Wann …«

»… wir uns wieder sehen?« Manuela schaut nachdenklich eine Weile aus dem Wartburgfenster. »Wollen wir uns denn wiedersehn?«

Er würde schon wollen, meint Henry.

Gut, dann wolle sie auch, sagt Manuela. »Ich rufe dich an.«

»Ich habe kein Telefon.«

»Ich auch nicht«, kichert sie.

»Wie willst du mich dann anrufen, du verrücktes Huhn?«

»Vom Büro aus. Und die Telefonnummer deines Betriebes finde ich im Telefonbuch. So viele Henrys werden bei euch wohl nicht arbeiten. Also, wenn ich dich kriegen will, werde ich dich schon erwischen. – So, hier ist es«, sagt sie, »Sie können halten. Ich steige dort an der Litfaßsäule aus.« Dann haucht sie einen flüchtigen Kuss auf Henrys Wange, öffnet die Wagentür und macht sich davon.

Einige Zeit geht ins Land. Henry und Manuela haben geheiratet. Und: Sie sind unter die Häuserbauer gegangen. Ihre beiden Stadtwohnungen sind für sie und die beiden Jungen zu klein. Sie hätten natürlich die zwei Wohnungen gegen eine gemeinsame große tauschen können, wie andere es auch taten. Privater Wohnungstausch war ein gängiger Volkssport. Wenn auch nicht sonderlich geliebt, aber objektiv notwendig. Die kommunale Wohnungslenkung bringt nicht annähernd so viel Kreativität auf, um Menschen und deren Wohnungen miteinander zu verkuppeln, wie es nötig ist, um jedem nicht nur eine, sondern »seine« Wohnung zu verschaffen.

Auf diesen Stress wollten sich Henry und Manuela nicht einlassen. Sie erwarben an Stadtrand ein Stück Bauland, um sich ein Nest zu bauen. Formal war das unproblematisch. Beide haben ein ordentliches Einkommen, es gibt zwei Kinder und das Versprechen, ein gemeinsames drittens zu planen, womit die Familie fast schon als kinderreich und damit als förderungswürdig gilt. Natürlich bedeutet Bauen Stress, aber Henry besitzt das berühmte Vitamin B. Er hat Beziehungen, kennt alle wichtigen Leute in der Stadt, denn in jeder Familie wird gestorben, und wenn der Sarg auf den Friedhof getragen wird, dann klopft man auch bei ihm an. Er bedient den Ehrgeiz der Hinterbliebenen, dem teuren Toten etwas ganz Besonderes aufs Grab zu pflanzen, was sich vom Nachbargrab unterscheiden soll. Das ist zwar nur schwer möglich angesichts der Vorgaben und materiellen Voraussetzungen; zwischen Sandstein und Beton ist die Auswahl nicht sehr groß. Doch Henry hilft – was sein Schaden nicht ist.

So kommt denn genügend Geld in die Haushaltskasse,

auch sogenannte bunte Scheine natürlich, wie die D-Mark gemeinhin hier heißt. Damit lassen sich im Intershop und via Genex besondere Wünsche erfüllen, etwa Platten aus Terrakotta für die Hausterrasse, Einhebelmischbatterien fürs Badezimmer und Geräte für die Einbauküche, von denen der normale DDR-Bürger nur zu träumen wagt. Und auch Schmuck für die Liebste. Henry schafft an, dass es Manuela, die inzwischen schwanger ist, nicht mehr nötig hat, arbeiten zu gehen. Nach der Geburt gibt es das bezahlte Baby-Jahr, was man gern mitnimmt. Doch auch danach bleibt sie zu Hause. Man hat's ja. Es reicht trotzdem noch für Urlaub im Ausland.

Es läuft wirklich gut für den Steinmetz, der immer wieder zu Restaurierungsarbeiten herangezogen wird. Görlitz ist ein großes Freilichtmuseum der Architektur, weil hier – gottlob – während des Krieges kaum eine Bombe fiel oder eine Granate einschlug. Es langt im Stadtsäckel hinten und vorn nicht, es gibt zu viele Bauwerke, die gesichert und generalüberholt werden müssen. Da wirkt jede kostenintensive Baumaßnahme wie ein Tropfen auf den heißen Stein. Bauen auf der grünen Wiese ist weitaus billiger. Die Freudenfanfaren über das Erreichte werden übertönt von den Wehklagen, die begründet sind. Der Verfall schreitet schneller als der Fortschritt. Einer der Profiteure der Entwicklung aber ist Henry. Er lebt von denen, die vor Gram ins Grab sinken, und von den städtischen Aufgaben. So bekommt er beispielsweise den Auftrag erteilt, die alte Klostermauer, die das Kirchengelände von einem Schulhof trennt, zu restaurieren. Er muss aus dem gleichen Baumaterial Steine mit altem Werkzeug hauen, also arbeiten wie seine Zunftgenossen vor Jahrhunderten, damit alles so ausschaut, als wäre die Mauer damals aus einem Guss entstanden und hätte nie ausgeflickt werden müssen. Das ist eine Herausforderung, die Henry gern annimmt. Denn beruflichen Ehrgeiz hat er durchaus, ihn locken nicht nur Bakschisch und bunte Scheine. Er will sich als Fachmann behaupten und dafür auch anerkannt werden. Dass er auf diese Weise wie die meisten Handwerker hierzulande reich und immer reicher wird, ist für ihn eher ein angenehmer Nebeneffekt. Handlungsantrieb ist es nicht.

Im Sommer geht es wieder für drei Wochen an den Balaton. Dort erholen sich viele Deutsche. Die aus der DDR und die aus der Bundesrepublik. Für die Westdeutschen, weil es dort billiger ist als etwa in Frankreich oder Italien, und weil sie den Ostdeutschen nebenbei auch zeigen können, wer auf der Sonnenseite lebt. Für die Ostdeutschen ist Ungarn die erträglichste Baracke im ganzen sozialistischen Lager; dort gibt es viele Dinge, die es in der DDR nicht gibt, beispielsweise die *Bild*-Zeitung und Pornohefte. Natürlich nur für Westdeutsche, also gegen Devisen. Doch wie die Brosamen, die von den Tischen der Reichen fallen, nicht nur die Spatzen nähren, so nutznießen die Ostdeutschen auch von diesem Müll.

Henry und Manuela freunden sich mit einem Westberliner Ehepaar an, das in der gleichen Feriensiedlung abgestiegen ist. Keineswegs zufällig steigt dort auch ein Bauingenieur aus Schwerin ab: Er ist der Bruder des Westberliners. Sie halten es wie viele deutsche Familien auch, die – wie heißt es in der Westpropaganda – Mauer und Stacheldraht getrennt haben. Zwar ist die Trennung inzwischen nur noch eine relative, die Westberliner können jederzeit ihre Verwandten in der DDR besuchen, so sie es wünschen, und die Ostdeutschen passieren in »dringenden Familienangelegenheiten« die Mauer, wovon inzwischen alljährlich um die drei Millionen DDR-Deutsche Gebrauch machen. Jedoch ist das alles sehr aufwendig und beschwerlich und nicht normal. Und wer keine Verwandten im Westen hat, hat nie eine Chance.

So nutzen denn nicht wenige die Möglichkeit, unkompliziert in Ungarn oder am Schwarzen Meer einen gemeinsamen ost-west-deutschen Urlaub zu verbringen. Das reicht dann in der Regel für ein Jahr, denn so eng sind die Familienbande oft auch wieder nicht, dass man stets und ständig miteinander zu tun haben möchte. Manche Menschen kann man eben nur aus der Ferne lieben.

Der Schwager aus Schwerin ist etwa so alt wie Manuela, also erheblich jünger als Henry. Er ist nicht nur solo angereist, sondern auch im Leben allein, wie Uwe stolz verkündet, ungebunden und frei. Und dabei zeigt er stolz seine weißen Zähne im braungebrannten Gesicht. Er arbeitet, wie unschwer zu erkennen ist, mehr an der frischen Luft denn im Büro. Uwe ist eine Art Lebenskünstler, sehr umgänglich, witzig und weltläufig, was bei Frauen durchaus Wirkung erzielt.

Manuela findet Gefallen an dem Schweriner, was dieser mit seinem feinen Sensorium für weibliche Schwingungen sofort wahrnimmt. Allerdings überschätzt er das Maß an Sympathie, denn als er sich in einem unbeobachteten Moment Manuela nähert, man kann auch sagen: er wird zudringlich, sagt sie klar, dass er das lassen solle. Sie habe drei Kinder und sei glücklich verheiratet, auf ein Urlaubsabenteuer wäre sie ganz gewiss nicht aus.

Der Bauingenieur und Bonvivant zieht sich lächelnd zurück. Niemand erfährt von dieser Auf- und Zudringlichkeit. Manuela sieht keinen Grund, ihrem Mann den Vorfall zu berichten und damit ihm und sich auch selbst den Urlaub zu vermiesen.

Am Ende der drei Wochen verabschieden sich alle mit dem Versprechen: Und nächstes Jahr wieder am Balaton …

Daheim geht alles seinen gewohnten sozialistischen Gang. Henry hat alle Hände voll zu tun, ein Auftrag jagt den nächsten. Oft kommt er erst spät nach Hause. Dann stellt er sich unter die Dusche, spült den Staub und den Ärger des Tages davon, trinkt sein Feierabendbier und sinkt hernach todmüde neben seiner bereits schlafenden Frau ins Bett. Die hat mit dem Haushalt zu tun, und die zwei halbwüchsigen Jungen und der Zweijährige fordern die Mutter ganz. So verrinnen die Tage mit stets wiederkehrenden Verrichtungen, die Monotonie erfährt einzig Unterbrechung durch Ereignisse wie die Auslieferung des neuen Wartburg.

Eines Tages klingelt es an der Tür. Manuela eilt an die Pforte, sie meint, es könnte Henry sein, der etwas vergessen hat oder braucht, vielleicht die Schlüssel – sonst würde er ja nicht läuten. Doch als sie öffnet, trifft sie fast der Schlag. Es ist Uwe, der Bauingenieur aus dem Urlaub.

»Was machst du denn hier?«, entfährt es ihr.

»Guten Tag erst mal«, lächelt er freundlich und zeigt wie üblich seine weißen Zähne. »Kann ich reinkommen?«

»Bitte«, sagt sie und tritt beiseite. »Das ist ja eine Überraschung.«

Wenig später sitzen sie in der Küche, die Kaffeemaschine, keine von AKA electric, schmaucht vor sich hin. Manuela stellt ein wenig nervös die Kaffeetassen auf den Tisch.

»Ich bin dienstlich in Görlitz, habe etwa drei Wochen hier zu tun«, beginnt er zu erzählen. »Da dachte ich mir: Schaust mal bei Henry und Manuela vorbei.«

»Woher hast du unsere Adresse?«

»Schon vergessen: Die haben wir doch am Balaton ausgetauscht. Wir wollten uns doch mal schreiben.«

»Daran kann ich mich nicht erinnern.«

»Nicht? Naja, du hast mir ja auch nie geschrieben.«

»Du aber auch nicht.«

Sie müssen jetzt beide lachen.

»Wie geht es Henry, wann kommt er nach Hause?«

»Ach, dem geht es gut. Und seit der neue Wartburg da ist, geht es ihm noch besser.« Manuela lächelt. »Aber er rackert sich auch ganz schön ab. Ich glaube nicht, dass es Sinn hat zu warten. Das wird bei ihm jetzt immer sehr spät.« Sie macht eine Handbewegung, die wie eine Entschuldigung wirkt. »Ich seh ihn manchmal nur zum Frühstück.«

»Höre ich da ein wenig Unmut heraus?«

»Unsinn. Aber natürlich leidet das Familienleben unter seiner Arbeit.«

»Und das Eheleben!« Der Schweriner lässt ein anzügliches Lachen vernehmen.

Manuela überhört es und geht darauf nicht ein. Stritte sie das ab, würde sie lügen. Es muss schon Wochen her sein, dass sie miteinander schliefen. Sie kann sich schon gar nicht mehr daran erinnern. »Willst du noch eine Tasse Kaffee?«

»Oh, der ist vorzüglich, aber ich muss dann wieder. Wann, meinst du, hätte ich mehr Glück?«

»Wofür?«

»Was du nun schon wieder denkst. – Wann ich Henry mal begrüßen könnte?«

»Ich werde ihn morgen beim Frühstück fragen, wie sein Terminplan in den nächsten Tagen ausschaut. Er wird sich bestimmt freuen, dich zu treffen.« Wie zur Bekräftigung nickt sie mit dem Kopf.

»Wir könnten ja mal was zusammen unternehmen. Ins Theater oder schön essen gehen. Ihr sollt einen tollen Ratskeller mit guter Küche haben, sagte man mir.«

»Ja, das sollten wir machen«, sagt Manuela. Ihr wird plötzlich bewusst, dass sie seit Jahren mit Henry nie weg war oder etwas gemeinsam unternommen hat. Wann waren sie zum letzten Mal im Kino, wann zum letzten Mal tanzen? Mein Gott, so alt sind sie doch noch nicht, um dem Leben völlig zu entsagen!

»Ich sprech' mit ihm.«

»Uwe war hier.«

Henry hält im Kauen inne. »Uwe? Welcher Uwe?«

»Der vom Balaton. Hast du den Urlaub schon völlig vergessen?«

»Ach der.« Es scheint Henry langsam zu dämmern. »Und was wollte er?«

»Nichts. Nur uns sehen. Er ist drei Wochen dienstlich in Görlitz. Er will auch dich treffen und was mit uns unternehmen.«

»Verstehe, der hat abends Langeweile und sucht Zerstreuung. Auf unsere Kosten.«

»Das ist doch Quatsch. Mir wurde, als er das vorschlug, schlagartig klar, dass wir beide seit Jahren nicht aus dem Haus gekommen sind. Sein Besuch ist doch wie ein Wink des Himmels. Komm, lass uns was mit ihm unternehmen.«

»Und die Kinder?«

»Da sagen wir meiner Mutter Bescheid.«

Henry überlegt, dann schüttelt er den Kopf. »Geht nicht. Ich muss mit der Mauer fertig werden, dann sind noch drei Grabsteine zu machen, der Geselle ist krank und fällt mindestens zwei Wochen aus, und die Stifte sind noch nicht so weit … Nein, so leid es mir tut: Ich kann nicht.«

»Wenn ich ihm das so sage, nimmt Uwe es als Affront und ist beleidigt.«

»Dafür kann ich doch nichts. Der soll es nicht so persönlich sehen. Wir sind zu nichts verpflichtet, das ist doch nur eine flüchtige Urlaubsbekanntschaft gewesen. Aber ganz im Ernst: Es ist momentan wirklich eine blöde Zeit.«

»Seit wir verheiratet sind, gibt es bei dir nur blöde Zeiten. Immer hast du Verpflichtungen, immer geht die Arbeit vor.«

»Aber so ist das nun einmal, Schätzchen. Sich regen bring Segen. Und es ist ja nicht zu deinem Schaden. Damit du jedoch siehst, dass ich nichts gegen Uwe habe, und damit auch er nicht annimmt, *wir* würden ihn ablehnen, schlage ich vor, dass du mit ihm allein um die Häuser ziehst. Rette die Ehre der Familie.«

Manuelas Protest ist nicht gekünstelt. »Ich will das aus verschiedenen Gründen nicht. Entweder wir beide oder gar keiner. Ich gehe doch nicht mit einem wildfremden Mann ins Theater oder sonst wohin. Was sollen denn unsere Nachbarn von mir halten? Nein, das kommt überhaupt nicht infrage.«

Henry lächelt altväterlich und legt seine schwere Hand auf den Unterarm seiner Frau. »Schatz, bitte, das ist doch albern. Wir sind erwachsene Menschen. Das ist doch kein Thema.«

»Ich weiß doch schon, wie die klatschsüchtigen Nachbarn die Köpfe zusammenstecken werden. Wie sie hecheln und tratschen …«

»Da stehn wir doch drüber, mein Herz«, sagt Henry, erhebt sich und drückt zum Abschied seiner Frau einen Kuss auf die Stirn. »Ich muss. Tschüss, bis heute Abend. Irgendwann.«

Gegen zwölf steht Uwe vor der Tür. »Schaust mal in der Mittagspause vorbei, dachte ich.« Er lächelt sie offenherzig und gewinnend an. »Hast du mit Henry gefrühstückt? Wann passt es ihm?«

Manuela druckst. »Komm doch erst einmal rein. Ich habe das Essen auf dem Feuer.«

In der Küche eilt sie an den Herd. So kann sie in den Suppentopf schauen und muss nicht in Uwes Augen blicken. »Ich soll dich von Henry ganz herzlich grüßen, aber du hast einen ungünstigen Zeitpunkt erwischt. Er hat augenblicklich mehrere große Aufträge abzuarbeiten, da wird es abends immer sehr spät. Und am Wochenende kommt er auch nicht weg. Es tut ihm sehr leid, er hätte gern mit dir ein Bier getrunken.«

Manuela dreht sich um. »Er hat darum vorgeschlagen, dass wir beide allein was unternehmen sollten.«

»Warum nicht«, entgegnet Uwe nach einer winzigen Bedenkpause. Dabei setzt er eine leicht betrübte Miene auf, obgleich er innerlich jubelt. Es war ja nicht Henry, der ihn in die Neubausiedlung getrieben hat. »Was schlägst du vor?«

Manuela zögert, obgleich sie schon seit heute Morgen weiß, was sie auf diese Frage antworten würde. »Bitte nicht lachen. Wenn es dir zu albern ist, sag es auch. Dann ziehe ich den Vorschlag umgehend zurück.« Ihr sei augenblicklich nicht nach Hochkultur, also Theater und Ausstellungen und dergleichen. Seit sie verheiratet sei, wäre sie nie wieder mit Henry tanzen gewesen. Hausbau, Schwangerschaft, schließlich die mütterlichen Verpflichtungen … Manuela macht eine entschuldigende Handbewegung. »Morgen ist wieder Ball der einsamen Herzen für die reifere Jugend. Da habe ich damals auch Henry kennengelernt.«

Uwe lacht trotz der eingangs geäußerten Bitte hell auf. Manuela blickt irritiert.

Ihn erheitere nicht der Vorschlag, da wäre er sehr dafür, sondern die Vorstellung, wie sie sich dort vermutlich zwischen schrumpligen Witwen und alten Säcken bewegen würden. »Wir drücken gewiss den Altersdurchschnitt auf der Tanzfläche erheblich.«

Nun muss auch sie lachen. Mit seiner Vermutung läge er gänzlich falsch. Die meisten seien in ihrem Alter. Zumindest war das damals so, als sie mit Henry dort war. Sie nähme nicht an, dass sich das in den letzten Jahren grundlegend geändert habe.

»Wann ist das?«

»Morgen Abend, ab zwanzig Uhr.«

»Und du kannst bestimmt?«

»Würde ich es sonst vorschlagen?«

»Okay, ich hole dich nach um sieben ab.«

»Und ich sage meiner Mutter Bescheid, dass sie auf die Kinder aufpasst.«

Zur vereinbarten Zeit hupt es vor dem Haus. Manuela hat sich aufgehübscht wie seit Jahren nicht mehr. Es bestand auch nie Anlass, sich ein Make-up aufzutragen und in eine Duftwolke zu hüllen.

»Oh, Chanel Nr. 5«, sagt Uwe, nachdem er Witterung aufgenommen hat. »Die kleinste Flasche im Intershop für fünfundfünfzig D-Mark, nicht?«

»Stimmt. Du kennst dich damit aus?«

Uwe grinst selbstbewusst. Dazu gehöre nicht viel. »Die meisten Frauen in der DDR mit Stil benutzen nur zwei Sorten Parfüm: entweder Maroussia oder Chanel. Die ersten, weil sie kein Westgeld haben, die zweiten, weil sie Männer aus dem Westen kennen oder D-Mark besitzen.« Und so fein sei sein Näschen, dass er die beiden Geruchsnoten auseinanderhalten könne. Angenehm seien beide.

»Mit anderen Worten: Wenn ich Maroussia genommen hätte, wärst du auch zum Tanz gefahren?«

»Du sagst es.«

»Das habe ich nämlich auch. Und ich habe geschwankt, welches Parfüm ich nehmen sollte.«

»Ich sagte doch: eine Frau mit Stil.«

»Schmeichler.« Sie kichert und deutet einen Schlag mit ihrer Handtasche in seine Richtung an.

Uwe startet, der Zweitakter lässt das Blech der Motorhaube scheppern. »Du musst mich lotsen. Erstens kenne ich mich in Görlitz kaum aus, zweitens habe ich keine Ahnung, wo sich das von dir gerühmte Tanzlokal befindet.«

»Fahr mal in die Altstadt. Dann zeige ich es dir.«

Die Tanzfläche ist noch leer, als sie das Ballhaus betreten. Und es schaut so aus, als seien alle Tische im Rund besetzt. Ihr Schritt wird bereits am Eingang von einem Zerberus im Frack gestoppt.

»Sie haben reserviert?«

»Nein.«

»Bedauere. Alle freien Tische, die Sie noch sehen, sind leider bestellt.«

»Und da lässt sich wirklich nichts machen?« Uwe schiebt dem Kellner unauffällig einen grünen Zwanzigmarkschein in die Hand. Der lässt das Pfund mit dem Goethekopf mindestens ebenso unauffällig in der Tasche verschwinden.

»Warten Sie, ich schaue mal nach.« Er tut so, als studiere er aufmerksam die Spalten des Buches, in welchem die Reservierungen eingetragen sind.

»Ach, ich sehe gerade, dass die Herrschaften von Tisch sieben abgesagt haben. Den können Sie haben, wenn Sie wollen.«

»Natürlich wollen wir«, erwidert Uwe.

»Ich gehe dann mal voran.«

Als sie sitzen und der Kellner außer Hörweite ist, sagt Manuela: »So'n Quatsch: ›die Herrschaften‹. Hierher kommen kaum Paare, sondern meist Alleinstehende, die erst Anschluss suchen. Die werden schon bei der Platzierung verkuppelt. ›Die Herrschaften‹ ...« Sie ist sichtlich amüsiert.

»Nun entspann dich. Das gehört alles zum üblichen Theater. Du wolltest zwar keine Hochkultur, aber hier kriegst du sie dennoch geboten.«

»Das ist Schmiere, kein Schauspiel.«

Sie lachen.

»Wollen die Herrschaften speisen oder nur etwas zu trinken?«

»Die Getränkekarte genügt.«

»Bitte sehr. Die letzte Seite in der Speisekarte.«

Uwe schlägt sie auf. »Na, das ist sehr übersichtlich«, sagt er.

»Gib nicht so an. In Schwerin sieht sie gewiss nicht anders aus. Lass mich mal raten: Beim Roten haben wir Pinot Noir aus Rumänien oder Ungarn und Gamza aus Bulgarien, vermutlich auch noch Rosenthaler Kadarka. Dann wird es noch Gotano, Wermut aus Gotha, geben, weißen und roten, und Murfatlar und Cotnari für jene, die rasch zum Ziel kommen wollen.«

Uwe lächelt. »Die Dessertweine heißen bei uns ›Schlüpferstürmer‹.«

»Ja, bei uns auch.«

»Also, nehmen wir eine Flasche Murfatlar?«

»Du bist mir ja einer«, grient Manuela. »Nein, mir reicht ein Gläschen Sekt. Wir sind ja hier zum Tanzen, nicht zum Trinken.«

Uwe winkt dem Kellner, der am Nebentisch serviert.

»Wir hätten gern eine Flasche Rotkäppchen.«

»Roten oder weißen?«

»Haben Sie denn roten?«

»Mein Herr«, entrüstet sich der Kellner künstlich. »Für angenehme Gäste haben wir selbstverständlich auch roten.« Offenkundig hat er die zwanzig Mark noch nicht vergessen.

»Dann bitte den roten.«

»Trocken, halbtrocken oder lieblich?«

»Tja, wenn Sie mich so direkt fragen …«

»Lieblich«, ruft Manuela. »Bei trockenem Sekt bekomme ich immer Sodbrennen.«

»Also eine Flasche roten Sekt, lieblich«, wiederholt der Kellner die Bestellung und eilt von hinnen.

Die Musik setzt unvermittelt ein. Ohne Ansage greift der Pianist in die Tasten, der Bass fällt ein, wobei der Musiker fast doppelt so breit ist wie sein Instrument, der Schlagzeuger streicht mit seinem Besen über die Trommel, dann gibt es noch den Saxophonisten, der mehrere Blasinstrumente vor sich aufgereiht hat, und einen Mann an der E-Gitarre. Die Combo scheint zusammengewürfelt, und ihr Spiel verstärkt den Eindruck, dass es sich um Amateure handelt, die einerseits gern gemeinsam musizieren und andererseits viel lieber dabei noch verdienen.

Aber das interessiert bald keinen mehr im Saal. Binnen weniger Augenblicke ist die Tanzfläche gefüllt, drängen sich Paare zwischen den Stühlen hindurch. Das anfängliche Zögern, wie es bei der Disko mit überwiegend jugendlichem Publikum der Fall ist – dort will niemand der erste auf dem Parkett sein – kennt man hier augenscheinlich nicht.

Der Sektkorken fliegt nicht. Die Flasche, vom Kellner in einer halbhohen bedruckten Umhüllung aus Styropor zusammen mit zwei Gläsern rasch im Vorübergehen auf den Tisch gestellt, ist mäßig gekühlt. Nachdem Uwe die rote Alufolie von der Flaschenspitze und den Draht, der das Körbchen über dem Plastikkorken hält, mühsam entfernt hat, muss er gehörig an dem Verschluss rütteln und drehen, ehe sich dieser aus dem Hals entfernen lässt.

Uwe füllt die Gläser, beobachtet, wie der von der aufsteigenden Kohlensäure gebildete Schaum rasch verschwindet und schenkt mehrmals nach, ehe die Gläser bis zum Eichstrich gefüllt sind. Dann reicht er Manuela einen Kelch und stößt an.

»Auf einen netten Abend.«

Das wird er auch. Die beiden legen eine flotte Sohle aufs Parkett, zwischendurch erholen sie sich am Tisch und parlieren heiter. Der einen Flasche folgt alsbald die nächste. So verrinnen die Stunden, Manuela ist aufgekratzt wie seit Jahren nicht, und als beim Rausschmeißer, der letzten Tanzrunde, Uwe sich eng an sie drückt und seine Hände dort landen, wo sie bei einer fremden verheirateten Frau üblicherweise nichts verloren haben, sagt sie kein Wort. Sie protestiert auch nicht, als er seine Lippen auf die ihren drückt und sich seine Zunge zwischen ihre Zähne schiebt. Im Gegenteil: Sie lässt sie ein, indem sie den Mund öffnet. Uwe hat freie Fahrt.

Wenig später liegen beide in seinem Pensionsbett. Sie waren wie die Tiere übereinander hergefallen, ausgehungert waren beide. Sie rissen sich die Kleider gegenseitig vom Leib und schlugen ihre Zähne in das Fleisch des anderen. Mit fliegendem Atem drang er in sie ein. Sie keuchten und japsten, Manuela schrie vor Lust, wie sie es noch nie getan hatte, und krallte sich mit ihren Nägeln in Uwes Rücken. Dann fielen sie voneinander ab.

»Was war das?«, erkundigt sie sich, inzwischen wieder bei Sinnen und fast nüchtern.

»Schön«, antwortet Uwe.

»Das meine ich nicht.«

»Hat es dir etwa nicht gefallen?«

»Ja, selbstverständlich, es war schön. Ich meine: Ich bin eine verheiratete Frau, ich liebe meinen Mann, warum lasse ich mich von dir vögeln?«

»Weil du es wolltest.«

»Ich habe es nicht gewollt. Es ist einfach passiert, und ich frage mich: warum?«

»Ach, komm, kriegst du jetzt einen Moralischen? Hast du noch nie mit einem anderen als mit deinem Mann geschlafen?«

»Nein, nie. Zumindest nicht, seit wir verheiratet sind. Ich lebe monogam.«

»Und genau das ist dein Problem.«

»Ich habe kein Problem.«

»Gut, du hast kein Problem. Wann habt ihr es zum letzten Mal miteinander im Bett getrieben?«

Manuela schweigt. Sie muss nicht überlegen. Aber sie will darauf nicht antworten.

»Aha.«

»Was heißt da ›aha‹?«

»Dass es schon ewig lange her sein muss. Und darum fehlt dir was. Zu einer erfüllten Liebe gehört nun mal auch anständiger Sex. Händchenhalten, Verständnis und Kindererziehung können ihn nicht ersetzen.«

Manuela schweigt. Sie weiß, dass Uwe recht hat. Und trotzdem. Sie steht auf und sucht ihre Sachen zusammen. »Ich muss nach Hause.«

»Hm«, sagt Uwe, »klar, dein Mann und deine Kinder warten. – Wann sehen wir uns wieder?«

»Weiß nicht.«

Ein ›Nein‹ klingt anders.

»Morgen?«

»Du spinnst wohl.«

»Also übermorgen.«

Manuela reagiert nicht und schlüpft in ihren Mantel. »Mach's gut.« Kein Kuss, keine Umarmung, kein inniger Abschied. Nur ein lapidarer Gruß. Als würde der den Seitensprung ungeschehen machen.

Daheim fällt sie todmüde und mit schweren Gedanken

und Selbstvorwürfen ins Ehebett. Henry schnarcht auf seiner Seite, sie weckt ihn nicht. Er hatte einen harten Tag, sie muss ihm das jetzt nicht erzählen. Das kann sie auch beim Frühstück. Sie will ihm reinen Wein einschenken.

Am Morgen sitzen alle am Tisch in der Küche.

»Na, wie war's?«, erkundigt sich Henry beiläufig, »ich habe gar nicht gehört, als du gekommen bist. War wohl schon spät?«, fragt er ohne Arg.

»Ja, keine Ahnung, ich habe nicht auf die Uhr geschaut«, stottert sie, »du hast schon geschnarcht.«

Soll sie jetzt sagen, dass sie mit Uwe geschlafen hat? Vor den beiden Jungen? Nein, das muss nicht sein, entscheidet sie für sich. Sie wird es Henry gestehen, wenn sie allein sind, sagt sie sich. Mit diesem Vorsatz fällt ihr das Erzählen leichter.

»Wir waren tanzen, dort, wo wir uns kennengelernt haben.«

»Was, beim Ball der einsamen Herzen?« Henry beißt ins Brötchen und feixt. »War die Kapelle noch immer so schlecht wie damals, oder haben sie inzwischen eine andere?« Er schüttelt den Kopf, als habe er noch immer die Misstöne im Ohr.

»Es war alles so wie damals. Nichts hat sich verändert. Selbe Kellner, selbe Ausstattung, selbe Karte, selbes Publikum …«

»War's dennoch erträglich?«

»Ja, doch.«

»Na fein. Dann hat sich das also auch erledigt. Oder will der etwa noch mal kommen?«

Manuela schüttelt heftig mit dem Kopf.

»Dann ist ja alles in Butter.« Henry erhebt sich, streicht den Jungs über den Kopf und küsst Manuela auf die Stirn wie üblich. »Mach's gut, Schatz. Es wird heute wieder spät.«

Tagsüber irrlichtern krude Gedanken durch Manuelas Hirn. Das liegt an ihren Gefühlen, die ganz offenkundig durcheinandergeraten sind. Ihr sonst so stabiles Koordinatensystem ist gestört, sie selbst aus dem Tritt gekommen. Sie liebt ihren Mann, weshalb sie sich ein schlechtes Gewissen einredet. Auf der anderen Seite empfindet sie auch im Nachgang das Zusammensein mit Uwe keineswegs als unangenehm. Und eben dies verstört sie. Wenn sie wütend auf ihn wäre, wenn sie ihn dafür hassen könnte, dass er sie ins Bett gezwungen hat, dann wäre ihr wohler. Doch was heißt: gezwungen? Er hat sie nicht nötigen müssen, es war keine Vergewaltigung. Sie hat es doch auch gewollt. Und es hat ihr gefallen, von einem Mann als Frau begehrt worden zu sein, nicht nur als Mutter und Hausfrau wahrgenommen zu werden. Sie kann sich nicht erinnern, jemals von Henry derart physisch geliebt und hergenommen worden zu sein. Selbst in der ersten Zeit, als der Himmel voller Geigen hing, hatte er es bedächtig und gesittet angehen lassen. Keine Experimente. Alles Hausmannskost.

Sie zögert immer mehr, Henry zu erzählen, was in jener Nacht geschehen ist. Sie will ihn nicht verärgern, es soll Gras über die Sache wachsen. Aus den Augen, aus dem Sinn, sagt sie sich. Uwe wird bald wieder nach Schwerin zurückkehren und sie vergessen. Der findet doch leicht an jeder Ecke eine Neue, da muss er sich doch nicht mit ihr abgeben. ›Ich war für ihn ein hübscher Zeitvertreib während der Dienstreise‹, sagt sie sich und gibt sich wieder ganz der Hausarbeit hin.

Am nächsten Tag – Henry ist längst zur Arbeit, die Jungs sind in der Schule – schellt die Klingel an der Haustür. Sie öffnet.

Es ist Uwe.

Nach der Schrecksekunde sagt sie: »Musst du nicht arbeiten?«

»Doch. Aber ich habe es nicht ausgehalten. Ich musste dich sehen.«

»Komm rein«, sagt sie sichtlich verstört, statt die Tür zuzuschlagen. Kaum dass er im Flur ist und sie die Haustür versperrt hat, versucht er, sie in die Arme zu nehmen. Sie wehrt sich, will ihn zurückstoßen. »Bist du verrückt, lass das!«, fordert sie ihn auf. Doch Uwe spürt, dass der Widerstand nur halbherzig erfolgt. Er gibt nicht nach, bis die Abwehr gänzlich erlahmt und Manuela kapituliert. Er sucht ihren Mund, sie presst ihn gegen den seinen. Was ist nur los mit dir, meldet sich kurzzeitig ihr Gewissen, ehe dieses von den Gefühlen hinweggeschwemmt wird. Uwe presst sie gegen die Wand, er nagelt sie geradezu an die Flurgarderobe. Seine Hände sind überall, auch unter ihrem Kleid. Sie lässt es mit sich machen. Jajaja, sagt ihre innere Stimme, mach es, du Tier, ich will es auch. Jetzt und sofort, hier im Flur oder sonstwo, aber mach es. Sie ist wie er: von Sinnen …

Am Abend kommt Henry nach Hause und stellt wie stets die gleiche rhetorische Frage, auf die er keine Antwort erwartet: Na, Schatz, wie war dein Tag? Und sie antwortet auch wie immer.

Sie hat beschlossen, ihr Geheimnis zu hüten.

Und sie ist sich inzwischen sicher, dass sie das Techtelmechtel laufen lassen will, diese Affäre zwischen ihr und Uwe, so lange sie eben geht. Nein, sie sträubt sich nicht mehr dagegen, sie will dieses Gefühl einfach genießen. Irgendwann wird es wieder nur noch Henry und die Kinder geben, das Haus und das Auto, ihr altes Leben eben.

Doch Manuela soll sich getäuscht haben. Gefühle unterliegen keiner Steuerung. Sie kommen und sind einfach da. Man kann sie nicht wie einen Hund vor die Tür jagen oder wie ein Zeitungs-Abo abbestellen. Mit jeder Begegnung wächst die Zuneigung zu Uwe, und sie fragt sich besorgt, ob es bereits Liebe ist. Natürlich, sie ist kein verknallter Teenager, kein heuriger Hase. Aber fast erscheint es ihr, als fühle sie sich zu Uwe stärker hingezogen als zu Henry, der ihr gewiss Schutz und Geborgenheit bedeutet. Die aber sind, wie sie merkt, auch eine Art Käfig, in welchem sie eingesperrt ist. Vor den Fährnissen des Alltags ist sie dort sicher.

Das aber langweilt auf Dauer. Das aufregende Leben, das abenteuerliche Ungewisse findet sich außerhalb der Gitterstäbe.

Als die drei Wochen vorüber sind und Uwe nach Schwerin zurückkehrt, verabreden sie sich regelmäßig in Dresden. Sie treffen sich in Hotels und genießen die wenigen Stunden, die sie füreinander haben. Daheim erzählt sie, dass sie in der Bezirksstadt Besorgungen machen müsse. Henry steckt ihr jedes Mal noch einen Schein zu, damit sie sich »was Schönes« leiste, was immer er damit meint. Manuela möchte die Zuwendung zurückweisen. So weit kommt es noch, dass er zahlt, während sie ihn betrügt: der unwissende Gehörnte, der betrogene Ehemann als Zahlmeister. Diese Vorstellung betrübt sie. Doch sie nimmt das Geld ohne Widerworte, denn die Wahrheit ist brutaler als das Verschweigen, und darum schluckt sie alles hinunter.

Henry merkt nichts. Ihm fällt nicht einmal auf, dass die einst gelegentlichen Versuche einer Annäherung im Ehebett nicht mehr stattfinden. Kein Arm, der sich am Sonntagmorgen um ihn schmiegt, kein Griff in die Pyjamahose, kein Knabbern am Ohrläppchen. Nichts dergleichen. Manuela liegt so tot neben ihm wie Henry neben ihr. Offenkundig ist das inzwischen für ihn der Normalzustand.

Manuela und Uwe treffen sich mit steter Regelmäßigkeit, und als Uwe nach Potsdam-Babelsberg zum Fernstudium delegiert wird, nimmt der Reiseradius zu. Uwe, der Bauingenieur, qualifiziert sich an der Akademie für Staats- und Rechtswissenschaften, er ist als Kader für den Rat des Bezirkes vorgesehen. Dort soll er künftig das Bauwesen leiten.

Kader in der DDR mit Aussicht auf höhere Weihen müssen jedoch nicht nur hinlänglich fachlich, sondern auch moralisch qualifiziert sein. Irgendwie haben seine leitenden Genossen mitbekommen, dass er ein Verhältnis zu einer Frau hat. Dagegen ist prinzipiell nichts einzuwenden, sagt ihm der Genosse Parteisekretär, so verklemmt und prüde wie in den 1950er und 1960er Jahren, als es bereits Parteiverfahren gab, wenn man die Frau eines anderen küsste, sei man heute nicht mehr – hahaha, du verstehst, was ich meine –, aber für geordnete familiäre Verhältnisse sei die Partei noch immer. Die Frau, so setzt der Funktionär fort, soll dem Vernehmen nach aus Görlitz stammen, verheiratet sein und drei Kinder haben. Ob dies zuträfe?

Im Wesentlichen ja, entgegnet darauf Uwe, und erkundigt sich interessiert, was ›die Partei‹ sich in seinem Falle unter geordneten Verhältnissen vorstelle. Das sei doch ganz klar, lautet die Antwort. Entweder beende er die Beziehung, oder er heirate die Frau.

Das gehe ja wohl schlecht, da sie mit einem anderen verheiratet sei. Seines Wissens gestatte nur der Islam die Vielweiberei, er sei jedoch in keiner Kirche.

Das genau sei der springende Punkt, sagt daraufhin der Genosse Parteisekretär. Da müsse eben die Frau in Görlitz reinen Tisch machen, sich also von ihrem Mann trennen.

Das gehe nicht, erwidert Uwe und schüttelt den Kopf.

Das gehe alles, oder wolle er damit sagen, dass sich die Frau nicht scheiden lassen würde? Dann gebe es ja noch die Variante 1.

Wir haben noch nie über die Scheidung gesprochen, meint Uwe zur Erklärung.

Sag mal, Genosse, wirft der Funktionär ein, wobei sein Unmut nicht ganz unbegründet ist: Glaubst du, dass dieses Bratkartoffelverhältnis bis in alle Ewigkeit dauern wird und der Ehemann, den ihr fortgesetzt hintergeht, kriegt das nie und niemals mit? Vielleicht hat man ihn schon informiert, eventuell wurdet ihr zusammen gesehen: in Görlitz, in Dresden, in Potsdam … Die Welt ist ein Dorf. Die Deutsche Demokratische Republik sei zwar winzig, aber alle Geheimnisse könne man dennoch nicht unter der Decke halten.

Das Treffen nach diesem Gespräch ist nicht besonders angenehm. Manuela merkt sofort, dass Uwe etwas bedrückt. Sie insistiert, er erzählt.

»Du musst dich scheiden lassen.«

»Warum?«

»Das geht doch so auf Dauer nicht. Du musst dich doch irgendwann einmal entscheiden – für Henry oder für mich.«

»Ich habe mich doch schon entschieden.«

»Gefühlsmäßig, ja. Aber wir leben in einem bürgerlichen Staat, da hat alles nach Recht und Gesetz zu gehen. Partnerschaftliche Verhältnisse müssen standesamtlich beglaubigt werden. Du bist mit Henry verheiratet. Ich bin nichts, nur dein Liebhaber.«

»Und das reicht dir nicht?«

»Du weißt genau, wie ich das meine. – Ich möchte nicht, dass Henry auf irgendeine Weise hintenrum erfährt, dass wir uns seit Monaten heimlich treffen, dass wir ihn betrügen. Das schmeckt keinem Mann, wenn er von Dritten erfährt, dass seine Frau fremdgeht. Wir müssen ihm das offenbaren.« Er macht eine Pause. »*Du* musst ihm das sagen.«

Manuela schweigt. Jetzt bleibt wieder alles an ihr hängen. Aber Uwe hat natürlich recht: Wenn sie zu zweit dieses Geständnis ablegten, wäre es noch eine Spur schmerzhafter und peinlicher für Henry, als es ohnehin ist.

Doch will sie das überhaupt: sich von Henry trennen? Fürchtet sie sich nicht vor den Konsequenzen? Sie müsste aus dem Haus ausziehen, sich eine Arbeit suchen. So gut wie Henry verdient Uwe auch künftig nicht. Und was wäre mit den Kindern? Es gäbe gewiss einen Rechtsstreit um das jüngste gemeinsame Kind: Wem würde das Erziehungsrecht zugestanden werden? Ihren Ältesten hat Henry nicht adoptiert, wozu auch, er gehört zur Familie. Da ist jedoch die Rechtslage eindeutig: Er gehört zur leiblichen Mutter, also zu ihr.

Will sie diesen Schnitt führen? Ist ihre Liebe zu Uwe so groß, so tragfähig, dass sie auf alles verzichten kann? Was sie verliert, kennt sie – was sie erwartet, liegt in ungewisser Zukunft.

Doch inzwischen hat sie sich derart weit von Henry entfernt, dass sie dieses Risiko eingehen will. Der Bruch ist vollzogen, sie verbindet allenfalls nur noch die Gewohnheit und der Besitz mit Henry. Das aber ist der jungen Frau zu wenig.

Sobald sie wieder in Görlitz ist, wird sie reinen Tisch machen, d. h. Henry alles erklären, die Scheidung einreichen und zu Uwe ziehen, wenn der eine Wohnung hat, in der auch Platz ist für ihre leiblichen Kinder.

Es ist Sonntag. In wenigen Tagen ist Weihnachten, das Fest des Friedens und der Familie. Im Haus von Henry und Manuela wird bald Unfrieden ausbrechen. Sie weiß das. Ihr Geständnis wird ihr Mann als Kriegserklärung auffassen. Sie fürchtet seinen cholerischen Ausbruch. Die Galle läuft ihm stets über, wenn er sich seiner Ohnmacht bewusst wird, wenn er mit Vorgängen konfrontiert wird, die er nicht steuern und beeinflussen kann. Er ist hilflos wie ein Käfer, der auf dem Rücken liegt und mit den Beinen strampelt in der Hoffnung, dadurch seine missliche Lage zu beenden.

»Henry, können wir nach dem Frühstück miteinander reden?«

»Schatz, wir können immer miteinander reden. Auch jetzt, während wir gemütlich frühstücken.«

»Nein, erst nach dem Essen.«

»Ist es so ernst, dass es uns auf den Magen schlagen könnte?« Henry lächelt ahnungslos. »Brauchst du mehr Geld für die Haushaltskasse?«

»Bei dir dreht sich alles nur ums Geld. Es gibt zwischen Himmel und Erde auch noch andere Dinge außer der verfluchten Kohle.«

Henry schlägt sich das Frühstücksei auf. Der gelbe Dotter fließt an der Schale hinunter. Er hat zu tief geschlagen. Aber so will er das Frühstücksei. Mit weichem Dotter und festem

Eiweiß. Dafür braucht es genau fünf Minuten in kochendem Wasser. Manuela legte, wie sie es gewohnt war, in der ersten Zeit die Frühstückseier ins kalte Wasser und schaute erst auf die Uhr, wenn das Wasser zu kochen begann. Dann nahm sie, wie Henry gesagt hatte, nach fünf Minuten die Eier heraus und schreckte sie unter dem Wasserhahn ab. Da waren ihm die Eier zu fest. »Betoneier« nannte er sie verärgert. Sie müsse doch sehen, dass bereits im wärmer werdenden Wasser das Eiweiß zu gerinnen beginne, hatte er cholerisch beim zweiten oder dritten Mal reagiert, als sie ihm ein hartes Frühstücksei am Sonntagmorgen servierte. Da könne er ja gleich ins Hotel gehen. Dort gab es bekanntlich nur sehr feste Frühstückseier. Wegen der Salmonellen. Die Keime im Dotter mussten getötet, also richtig gekocht werden.

Erst jetzt fielen ihr die kleinen Marotten auf, an die sie sich in der Zeit ihres Zusammenlebens klaglos gewöhnt hatte. Banalitäten, die für ihn aber von großer Bedeutung sind und ihn zur Weißglut treiben können, wenn man nicht darauf achtet. Er hasst es beispielsweise, wenn die Zahnpastatuben vorn und nicht systematisch von hinten ausgedrückt werden. Die Jungs quetschen die Tuben mit ihrer Hand dort, wo sie sie greifen können. Und meist drücken sie zu viel heraus, so dass oft Pasta von der Bürste ins Waschbecken fällt und dort liegenbleibt. Er sieht es jedes Mal, wenn er abends nach Hause kommt und noch mal ins Bad geht und Manuela es vergaß wegzumachen. Ob sie nicht besser darauf achten könne, herrscht er sie dann im Bett an, sofern sie noch nicht schläft.

Ferner stört ihn, wenn im Kamm zu viele Haare sind. Man solle die Zinken gefälligst reinigen, bevor man den Kamm wieder auf die Ablage zurücklegt, er möchte keine fremden Haare in seinen eigenen haben. Und schließlich führt er regelmäßig einen Veitstanz auf, wenn er nicht »seine« Nagelschere an dem ihr zugewiesenen Platz im Badezimmer vorfindet, ebenso die Nagelfeile, mit deren Spitze er das

Schwarze unter den Nägeln entfernt. Er ist ein sehr reinlicher Mensch, der es mit der Hygiene genau nimmt, in dieser Hinsicht übertrieben pingelig und zudem das, was man in Norddeutschland einen Pennschieter nennt. Wenn die Kinder zu viel Klopapier benutzen, wettert er nicht aus Sorge darüber, dass die Abflüsse verstopfen könnten, sondern weil hier nach seiner Überzeugung »geaast« werde. Damit meint er die angebliche Verschwendung. Bei Lichte betrachtet ist er ein rechter Geizkragen …

Nachdem die Tafel aufgehoben und alles abgeräumt ist, die Jungs vor dem Fernseher im Wohnzimmer hocken, schließt Manuela die Tür. Jetzt sind sie beide allein. Sie hat sich in den Nächten zuvor überlegt, wie sie beginnen, was sie ihm wie sagen möchte. Zunächst meinte sie, sie sollte die harte, direkte Ansage wählen: Henry, ich liebe dich nicht mehr. Ich werde dich verlassen.

Später fand sie das zu brutal. Henry ist ja nicht ihr Gegner, sie trennen sich nicht aus Feindschaft, sondern weil der Vorrat an Gemeinsamkeiten sich erschöpft hat. Ja, das ist ihr erst bewusst geworden, als Uwe in ihr Leben trat. Aber der Zustand war bereits eingetreten, Uwe hat ihn nicht herbeigeführt.

Wie also beginnen, um Henry, den sie noch immer mag, aber eben nicht mehr liebt, nicht zu sehr zu verletzen?

Der lächelt sie erwartungsvoll an. Der Blick sagt, dass er nicht die geringste Ahnung hat. Er ist naiv und unwissend wie ein Kälbchen. »Schieß los, mein Schatz, wo drückt der Schuh?«

Auch das noch. Diese väterliche, verständnisvolle, joviale Art macht es ihr noch schwerer.

»Henry, bist du glücklich?«

Falsche Frage, schilt sich Manuela, natürlich ist er glücklich, sonst würde er ja nicht so leben, wie er lebt. Sein Umfeld stimmt, die Familie ist gesund und intakt, die Frau führt den Haushalt und besorgt ihm das Hinterland, er kann sich ganz seiner Arbeit hingeben, in der er aufgeht und Erfolg hat. So kann es bis zur Rente weitergehen.

»Entschuldige, ich meine: frag mich mal, ob *ich* glücklich bin.«

»Bist du das etwa nicht? Wir haben doch alles: gesunde Kinder, ein ordentliches Heim, keine großen Sorgen, keine Schulden, ein Auto, Krankheiten sind fern … Oder hast du was? Sag jetzt nicht, dass du irgendwas hast? Krebs oder so.«

Manuela schüttelt heftig den Kopf.

»Na Gott sei Dank, ich fürchtete schon, dass man bei dir etwas gefunden hat. – Also, was hast du?«

»Bist du mit unserer Ehe zufrieden.«

»Ja, doch, sehr.«

»Wirklich? Wann, zum Beispiel, haben wir zum letzten Mal miteinander geschlafen?«

Henry stutzt und schaut irritiert. »Ist es das? Willst du, dass wir es öfter miteinander tun sollten?«

»Öfter?« Manuela lacht gequält. »Wann haben wir es denn überhaupt mal getan? Aber das allein ist es nicht. Ich meine, dass wir nebeneinander herleben, dass wir uns nichts mehr zu sagen haben, dass uns nichts mehr miteinander verbindet. Statt Liebe gibt es nur noch Gewohnheit. Verstehst du?«

»Nur Bahnhof. Du hast doch alles. Andere Frauen würden jubeln, ginge es ihnen so gut wie dir.«

»Materiell geht es mir blendend, da hast du recht. Aber ideell ist da wenig bis nichts. Wann haben wir mal etwas gemeinsam unternommen, mit den Kindern oder zu zweit?«

»Wir fahren jedes Jahr in den Urlaub.«

»Und den Rest des Jahres? Da passiert gar nichts.«

»Aber wenn ich doch keine Zeit habe. Ich opfere mich doch für die Familie auf, damit es euch gut geht. Das musst du mir doch nicht vorwerfen.«

»Ich werfe dir doch nichts vor. Allerdings glaube ich nicht, dass du dich nur selbstlos für uns abrackerst. Da ist gewiss auch ein hohes Maß an Selbstbefriedigung und Egoismus dabei.«

»Wirfst du mir vor, dass mich meine Arbeit zufrieden macht?« Henry hält inne. »Ach, von daher weht der Wind. Dein Hausfrauendasein frustet, es langweilt dich. Du willst wieder arbeiten gehen. Anerkennung im Arbeitskollektiv finden und so. Verstehe. Ich habe doch nichts dagegen. Wenn ich dich daran erinnern darf: Es war deine Idee, nach dem Babyjahr nicht mehr arbeiten zu gehen. Ich habe zugestimmt, ja, aber keineswegs von dir verlangt, zu Hause zu bleiben. – Hast du schon was, oder soll ich dir was vermitteln?«

Für Henry scheint alles klar zu sein. Die Erleichterung steht ihm ins Gesicht geschrieben. Er hatte mit Schwererem gerechnet.

Manuela schüttelt den Kopf.

»Nein, du hast noch nichts?«, fragt Henry nach. »Kein Problem, ich werde schon was finden. Erst einmal halbtags, ist klar, zum Eingewöhnen. Auch für den Kleinen ist das besser, der muss sich erst in der Krippe einleben.«

»Nein, nein, nein«, schreit Manuela.

Henry verstummt erschreckt. Er versteht seine Frau nicht mehr. Was hat sie denn bloß?

»Ich liebe dich nicht mehr. Es ist aus. Ich will die Scheidung.«

An der Wand tickt die Uhr. Der Kühlschrank brummt.

Langsam dringt das Gehörte in Henrys Gehirn.

»Hast du einen anderen?«

Manuela nickt. »Aber er ist nicht der Grund, weshalb ich dich verlassen werde. Mir ist in der letzten Zeit klar geworden, dass es nichts mehr gibt, was uns miteinander verbindet. Die Glut ist erloschen. Es tut mir leid.«

»Wer ist es? Kenn ich ihn?« Henry hat gar nicht zugehört. Es meldet sich lediglich die verletzte Eitelkeit zu Wort. Er hat es nicht vermocht, seine Frau zu halten. Ein anderer hat sie ihm ausgespannt. Die archaischen Triebe brechen durch. Er ist Platzhirsch, er muss den Nebenbuhler vertreiben, er ist der Silberrücken in der Gorillagruppe, der den Schwarzrücken die ihnen zustehende Rolle zuweist.

»Ja, du kennst ihn.«

»Seinen Namen.«

»Uwe.«

»Was, der Bauingenieur, der nach dem Ungarn-Urlaub hier aufgekreuzt ist? – Wie lange geht das schon mit euch?«

»Henry, das tut doch nichts zur Sache. Ersparen wir uns die Einzelheiten. Und noch einmal: Er ist *nicht* der Grund, weshalb wir uns trennen müssen. Es ist unser Leben, meins und deins. Ich möchte nicht mehr so weiter leben wie bisher. Das macht mich auf Dauer krank.«

Henry schweigt und starrt vor sich hin. Der Blick scheint nach innen gerichtet. Das Gesicht ist zur Maske erstarrt. Die Kiefer sind fest aufeinander gepresst. Sein Schweigen verunsichert Manuela noch mehr, als würde er schreien und brüllen.

»Sag doch was, Henry. Wir sind doch erwachsene Menschen, wir sollten uns auch so verhalten, bitte.«

Abrupt erhebt er sich. Der Stuhl, auf dem er saß, stürzt um. Dann dreht er sich stumm um und geht aus der Küche. Er nimmt den Ausgang zur Tiefgarage. Entgeistert schaut Manuela ihm nach. Wo will er hin, was hat er vor?

Wenig später hört sie es aus der Garage scheppern und klirren. Sie eilt die Stufen hinunter. Tatsächlich, sie sieht, was sie vermutete: Henry bearbeitet mit einer Spitzhacke den Wartburg. Alle Scheiben sind eingedroschen, überall liegen die Krümel des Einscheibensicherheitsglases herum. Henry drischt auf die Motorhaube ein, die Türen haben bereits Löcher und Beulen. »Henry, hör auf, was kann das Auto dafür!«

Doch der Mann schwingt unbeeindruckt das Werkzeug über seinem Kopf und zertrümmert das Fahrzeug, das sein Ein und Alles war.

Dann lässt er von ihm ab, Manuela atmet erleichtert auf, er scheint zur Vernunft gekommen zu sein. Doch Henry marschiert, ohne sie zu beachten, an ihr vorbei und hinauf zur Küche. In den Händen hält er die Spitzhacke.

Dann donnert diese gegen die Kühlschranktür und bohrt sich durch die Verkleidung. Wie im Rausch schlägt Henry um sich und zertrümmert alles: Mobiliar, Küchengeräte, Spüle, Hängeschränke.

Der Lärm hat die beiden Jungen im Wohnzimmer aufgeschreckt, sie stecken die Köpfe durch die Tür. »Papa, was machst du?«, ruft sein Sohn und versteht die Welt nicht. »Kinder, haut ab«, ruft Manuela, »Papa ist verrückt geworden, geht ins Kinderzimmer.« Die beiden ziehen die Köpfe ein und verschwinden augenblicklich.

Manuela bettelt: »Henry, hör auf. Hör bitte auf!«

Er dreht sich nur kurz um, macht ein paar Schritte auf sie zu und schlägt sie mit der Faust ins Gesicht. Manuela geht zu Boden, sie hat die Besinnung verloren. Das Letzte, was sie sah, sind Henrys blutunterlaufene Augen.

Dann zieht er weiter ins Badezimmer, das Schmuckstück des Hauses. Dort ist das meiste Westgeld hineingeflossen, das er besaß: für die unglasierten Bodenfliesen, die Wandkacheln, die gemauerte Bodenwanne mit der Grohe-Armatur, Bidet und Waschtisch mit zwei eingelassenen Becken, darüber der riesengroße Spiegel mit der indirekten Beleuchtung, die Dusche mit Schiebetüren aus Glas … In wenigen Augenblicken verwandelt sich alles in einen Trümmerhaufen. Dann folgt das Wohnzimmer.

Anschließend geht er in die Garage und holt den Kanister. Zwanzig Liter Benzin verspritzt er im Wohnzimmer. Doch ehe er das Streichholz wirft, erinnert er sich der Kinder im Obergeschoss. Henry geht in die Küche und zieht das größte Messer aus dem Holzblock. Die Klinge ist lang und spitz, Zwilling aus Solingen steht für Qualität. Er geht die Treppe hinauf, sein Schritt gleicht dem eines Roboters, wie man sie aus Science-Fiction-Filmen kennt: schwer und schleppend. Er öffnet die Tür zum Kinderzimmer und steht wie Frankenstein mit gezückter Klinge im Türrahmen. Die Kinder erstarren, wissen nicht, was sie tun sollen. Erst als er wie besessen auf den Zweijährigen im Laufställchen einzustechen beginnt, schreien sie laut auf. Der Große versucht dazwischenzugehen, die Klinge rutscht an seinem Kopf ab, er stürzt blutend zu Boden. Der andere Junge rennt kreischend aus dem Zimmer, doch Henry sticht noch immer auf seinen jüngsten Sohn ein, der blutüberströmt und stumm in seinem Ställchen liegt. Die Mediziner, die anschließend vier Wochen um sein Leben kämpfen werden, zählen zwölf Stiche.

Schließlich rammt sich Henry die Klinge in den eigenen Unterleib. Er hat mit dem Leben abgeschlossen. Dass er das Haus noch abbrennen wollte, hat er in seinem Blutrausch völlig vergessen. Der Schmerz brennt in seinen Eingeweiden, dann schwinden auch ihm die Sinne.

Der Junge ist aus dem Haus gelaufen, über die Straße zum Nachbarn, der ein Telefon besitzt. Mit jagendem Atem sagt er, sein Vater sei durchgedreht, sie sollen die Polizei rufen. Er habe mit der Spitzhacke die Küche zerkloppt und dann im Kinderzimmer auf den Kleinen eingestochen. Auch auf seinen Halbbruder sei er mit dem Messer losgegangen. Wo seine Mama ist, wisse er nicht, er sei nur weggelaufen, raus aus dem Haus. Er habe solche Angst.

Der Nachbar greift zum Telefon, wählt die 110 und gibt wieder, was ihm der Junge soeben berichtete. »Bitte kommen Sie rasch, der Mann läuft Amok.«

Dann schauen sie aus dem Fenster hinüber, doch dort scheint Ruhe zu herrschen. Es ist weder etwas zu hören noch zu sehen. Aber der Rentner verspürt wenig Lust, mit dem Jungen hinüberzugehen und nachzuschauen. Erst als die Fahrzeuge der Volkspolizei mit Blaulicht und der Krankenwagen mit Sirenengeheul vorfahren, treten beide vor die Tür.

»Sie haben uns informiert?«, fragt Hauptmann der K Melzer.

»Ja.«

»Und der Tatort ist das Haus dort?«

»Ja.«

»Der Junge gehört zur Familie, die dort lebt?«

»Ja.«

»Bitte gehen Sie wieder ins Haus. Ich melde mich bei Ihnen, sobald wir den Tatort besichtigt und gesichert haben.«

Die Polizisten in Uniform und Zivil stürzen ins Haus, die Mediziner der SMH warten zunächst.

Melzer folgt den Männern, die sich mit gezogener Pistole durch die zertrümmerte Wohnung tasten. Benzingeruch wabert durch alle Räume.

»Vorsicht«, mahnt er. »Nicht dass uns noch alles um die Ohren fliegt.«

In der Küche finden sie die ohnmächtige Manuela. Sie hat auf den ersten Blick keine äußeren Verletzungen, und sie lebt auch, wie Melzer mit seinen zwei Fingern spürt, die er ihr auf die Halsschlagader legt. Er nickt. »Weiter.«

Die Männer steigen leise die Treppe hinauf, die Makarow im Anschlag. Aus dem Kinderzimmer dringt Stöhnen. Sie schauen vorsichtig um die Ecke. Am Boden liegt ein Mann, in dessen Unterleib ein Messer steckt. Von ihm kommt das Stöhnen, er lebt also. Im Laufgatter liegt blutüberströmt ein Kleinkind, daneben ein etwa Vierzehnjähriger mit blutender Stirn, ebenfalls nicht ansprechbar.

Melzer eilt nach unten. »Wir brauchen mindestens vier Tragen«, ruft er von der Haustür.

»Wir haben nur zwei.«

»Dann fordert einen zweiten Sankra an! Wir haben im Haus vier Verletzte! Bitte die Ärzte zu mir, der Tatort ist gesichert.«

Die Mediziner sehen sofort, wer am dringendsten versorgt und ins Krankenhaus gefahren werden muss. Schon bald setzt sich das Fahrzeug mit dem Kleinkind und Henry in Bewegung. Manuela wird aus der Ohnmacht geholt, und die Wunde des bewusstlosen Jungen erweist sich als nicht lebensbedrohend.

Als die Frau die Augen aufschlägt, hockt sich Melzer neben sie auf den Boden. »Können Sie mich hören?«

Manuela nickt.

»Was ist hier passiert?«

»Wo sind die Kinder?«

Melzer versucht zu beruhigen. »Sie sind in Sicherheit. Der Mann – ist das Ihr Mann …?«

»Ja, Henry.«

»Ihr Mann und das Kleinkind sind bereits auf dem Weg ins Krankenhaus.«

»Und die beiden Großen?«

»Der eine ist beim Nachbarn, und der andere wird gerade oben verarztet.«

»Was hat er?« Manuela will sich erheben, kommt aber nicht auf die Füße.

»Bleiben Sie ruhig sitzen, bis die Krankenträger kommen. Sie werden auch noch ins Krankenhaus gebracht und dort gründlich untersucht. Aber sagen Sie mir doch kurz, was hier geschehen ist.«

»Er ist durchgedreht, völlig ausgerastet.«

»Wer?«

»Mein Mann. Er hat erst das Auto zertrümmert, dann die Küche. Und als ich sagte, er solle aufhören, hat er mir mit der Faust ins Gesicht geschlagen. Da wurde mir schwarz vor Augen. Was danach passiert ist, weiß ich nicht.«

Melzer nickt. »Warum ist Ihr Mann durchgedreht? Gab es einen Auslöser, einen Anlass?«

Manuela nickt. »Ich bin schuld.«

»Warum sind Sie schuld? Was haben Sie getan?«

»Ich habe ihm gesagt, dass ich mich von ihm trennen werde. Da ist er ausgerastet.«

Der Hauptmann nickt. Die Sache scheint klar zu sein. Eine grausige Beziehungstat. Ob mit oder ohne Todesfolge, wird man noch sehen.

»Der zweite Krankenwagen ist jetzt da«, meldet einer der Polizisten.

»Die Frau und den Jungen von oben übernehmen«, sagt Melzer und weist anschließend die Kriminaltechniker ein. Sie sollen alles wie üblich dokumentieren.

Die Frühbesprechung am Montagmorgen bei der K ist kurz. Die Umstände sind klar, der Täter und die Opfer sind bekannt, die Schuldfrage muss das Gericht klären. Weitergehende Ermittlungen sind nicht erforderlich.

Das befriedigt zwar die Görlitzer Kriminalisten, aber die Erschütterung über diesen blutigen Amoklauf hält lange an. Derartiges hatte noch nie jemand erlebt. Und allen, die mit dem Fall befasst sind, wird auch bewusst, dass dafür weder gesellschaftliche noch andere soziale Faktoren ursächlich verantwortlich sind. Die Gründe wurzeln ausschließlich im Individuum, im Täter.

Darum gibt das Bezirksgericht in Dresden zwei psychiatrische Gutachten in Auftrag. Henry nämlich wird gerettet, die Verletzung erwies sich als nicht so schwer, wie sie zunächst erschien.

Die Gutachter kommen unabhängig voneinander zu der Einschätzung, dass Henry zum Zeitpunkt der Tat »unter extremer psychischer Spannung stand, die zu einer reaktiven Affekthandlung geführt habe«. Er sei jedoch zurechnungsfähig und damit für seine Handlungen juristisch voll verantwortlich. Und sonst? Die Gutachter attestieren ihm eine überdurchschnittliche Begabung, ein normales soziales Verhalten und hinlängliches Einfühlungsvermögen. Und sie konzedieren ihm »einen gewissen Hang zur Selbstüberschätzung seiner Person und zur Dominanz«. Doch diesen Hang teilt er mit vielen Menschen, und der ist nicht strafbar.

Nach einem halben Jahr findet die Gerichtsverhandlung statt. Es werden viele Zeugen vernommen. In den Zeugenstand werden Manuela und Uwe gebeten, auch die beiden Jungen befragt man.

Am Ende wird eine zehnjährige Haftstrafe wegen versuchten Totschlags und schwerer Körperverletzung ausgesprochen. Henry nimmt das Urteil an, sein Anwalt beantragt keine Revision.

Die Ärzte konnten das Leben des Kleinkindes retten, nicht aber dessen Gesundheit. Wegen des extremen Blutverlustes war das Gehirn geraume Zeit nicht mit Sauerstoff versorgt worden. Die Schädigungen des Hirns sind derart gravierend, dass das Kind zeitlebens ein Pflegefall sein wird.

Manuela hält die Familie zusammen, auch wenn die Ehe geschieden ist. Sie lebt mit den drei Kindern weiter in dem Haus, bis die beiden älteren die Volljährigkeit erreicht haben. Als diese endlich auf eigenen Füßen stehen, verkauft sie das Haus und zieht mit ihrem behinderten Kind zu Uwe.

Henry wird nach Verbüßung von zwei Dritteln seiner Strafe aus der Haft entlassen. Er lebt allein und zurückgezogen bis zu seinem Tod 2006 in Görlitz.